Es sind Juden in meinem Haus

Lara Vapnyar

Es sind Juden in meinem Haus

Erzählungen

Aus dem Englischen
von Monika Schmalz

BERLIN VERLAG

Inhalt

Es sind Juden in meinem Haus

Galina trug einen Aluminiumtopf mit Pellkartoffeln herein, den sie mit einem Geschirrtuch an den Henkeln hielt. Sie stellte ihn auf einen hölzernen Untersetzer in der Mitte eines runden, mit einem beigefarbenen Wachstuch bedeckten Tisches. Sie hob den Deckel hoch, und indem sie das Gesicht aus dem Dampf drehte, verteilte sie die groben, ungeschälten Kartoffeln auf jeden der vier Teller. Es waren schöne Teller: zart, weiß, mit Goldrand und kleinen Vergissmeinnicht in der Mitte.

Seit sechs Wochen aßen sie im Wohnzimmer, wo vor dem einzigen Fenster schwere dunkelbraune Gardinen hingen. Seit zwei Wochen aßen sie schweigend. Von Zeit zu Zeit hustete oder nieste jemand, die Mädchen flüsterten sich etwas zu oder kicherten gar, worauf sie ihren Müttern einen schuldbewussten Blick zuwarfen, aber vor allem hörten sie sich gegenseitig, wenn sie auf ihr Essen pusteten, und das Klimpern von schweren Silbergabeln. Galina störte die Stille nicht. Immerhin besser als reden, als verkrampfte Gespräche führen zu müssen wie noch vor einigen Wochen. Selbst das Zimmer war zum Schweigen bestens geeignet. Es war groß und quadratisch, leer und makellos sauber. Die wenigen Möbel waren dicht an die Wände gerückt, und in der Mitte stand nur ein wuchtiger Esstisch, der sich wie eine Insel von den dunkelbraunen Dielen erhob.

Seit sie jeden Tag Pellkartoffeln aßen, war Galina die Essgewohnheiten der anderen gewohnt. Tanja, ihre siebenjährige Tochter, schnitt die Kartoffel entzwei, um hastig aus der Pelle das Innere herauszubeißen, ehe sie die Pelle selbst aß. Raja, die Galina gegenübersaß, pellte die Kartoffeln für sich und ihre achtjährige Tochter Lisa. »Zwei Prinzessinnen«, dachte Galina. Raja nahm die Kartoffeln in die Hand und zog mit ihren zarten Fingernägeln die Pelle ab. Sie beugte den Kopf so tief, dass ihre dünnen Haare fast im Essen hingen. Raja und Lisa brachen ihre gepellten Kartoffeln in kleine Stückchen und aßen sie, indem sie sie mit der Gabel aufspießten. Oft zitterten Raja die Hände, und dann zitterte auch die Gabel, die sie zwischen den Fingern hielt, und schlug mit beunruhigendem Klimpern gegen den Teller. Galina hatte das Bedürfnis, diese bebende Gabel zu packen und sie festzuhalten, um dem Zittern ein Ende zu machen. »Kauen, kauen!«, sagte Galina immer wieder zu Tanja, die dazu neigte, große Bissen hungrig und hastig zu verschlingen. »Du verschwendest dein Essen, wenn du nicht kaust.« Galina selbst aß langsam. Sie spießte eine ganze Kartoffel auf die Gabel und aß sie mitsamt der Pelle, indem sie mit ihren kräftigen, breiten Zähnen Stück für Stück abbiss. Sie kaute eifrig, um so wenig wie möglich vom Essen zu verschwenden, und auch, um das Essen so lange wie möglich hinauszuzögern, denn die Stunden zwischen Abendessen und Zubettgehen waren die unerträglichsten.

Vor sechs Wochen, als Raja und Lisa bei Galina einzogen, war es anders gewesen. Galina und Raja verbrachten die Abende mit Geplauder, meist über das Leben vor dem Krieg, das jetzt unwirklich und vollkommen erschien. Sie erzählten sich nebensächliche Episoden in haarkleinen Details, als könnte die Genauigkeit ihrer Erinnerungen jenes Vorkriegsleben in etwas Echtes verwandeln und als könnte eine fehlende Erinnerung die Tür zu Galinas Wohnung aufstoßen und den Krieg hereinlassen. Wenn sich eine der beiden eines Details unsicher war, verließ sie sich auf das Gedächtnis der anderen. »Früher habe ich jeden Samstag Moskauer Brötchen gekauft. Weißt du noch, die Moskauer Brötchen, die kleinen mit der gestreiften Kruste? Sechs Kopeken das Stück. Es waren doch sechs Kopeken?« – »Ich glaube, sieben – die mit Mohn kosteten sechs.« Oft reichten ihre Gespräche bis tief in die Nacht, nachdem die Mädchen eingeschlafen waren. Dann rückten sie näher zusammen und unterhielten sich weiter im Flüsterton.

Jetzt ging Raja immer direkt nach dem Abendessen ins hintere Zimmer, wo sie und Lisa schliefen, und saß dort, von Galina abgewandt, auf dem Bett. Manchmal beugte sich Raja über den Nachttisch und begann einen Brief zu schreiben – zweifellos an ihren Mann –, doch sie ließ es immer nach ein paar Zeilen wieder sein und knüllte das Blatt Papier zusammen. Manchmal hatte Raja ein Buch in der Hand, blätterte aber die Seiten nicht um. Durch die angelehnte Tür – Raja machte nie die Tür zu – sah Galina Rajas blassen ungewaschenen Hals, so dünn, dass man die einzelnen Wirbel zählen konnte. Auch Galina konnte sich nicht auf ein Buch konzentrieren. Sie folgte den Zeilen bis zum unteren Seitenrand, nur um festzustellen, dass sich die Buchstaben nicht zu Wörtern und Sätzen fügten, sondern lediglich vor ihren Augen vorüberzogen wie endlose Reihen schwarzer Perlen.

Galina trocknete die Teller ab und stapelte sie im Schrank über ihrem Kopf. Sie stellte den Aluminiumtopf ins untere Regal und schob ihn mit ihrem Fuß weiter hinein, um dann mit einem Knall den Schrank zu schließen. Sie fragte sich, ob Raja das Klappern hörte. Unerwartete Geräusche ließen Raja aufschrecken. Alles. Eine heruntergefallene Gabel, das Quietschen einer Tür, ein Niesen, eine Toilettenspülung. Lange Zeit hatte Galina sich bemüht, alles so leise wie möglich zu machen. Inzwischen war es ihr gleichgültig. Raja selbst verhielt sich mucksmäuschenstill. Das hatte sie zu Galina gesagt, als sie hergekommen war: »Ich werde mucksmäuschenstill sein.« Da fragte sich Galina, woher dieser Ausdruck wohl stammte, weshalb man Mäuse für besonders still hielt. Denn so war es nicht. Galina war auf dem Land aufgewachsen, und bei ihr zu Hause gab es jede Menge Mäuse. Nachts machten sie ihre typischen Geräusche – sie scharrten und knabberten und klackerten mit ihren winzigen Krallen über den Boden, wenn sie von Ecke zu Ecke liefen. Damals lag die kleine Galina in ihrem Bett und dachte, sobald sie die Augen öffnete, säße da bestimmt eine Maus, um ihr mit schiefen gelben Zähnen und feuchten Augen ins Gesicht zu starren.

Galina betrat das Wohnzimmer und nahm die nasse Schürze ab. Es war das übliche Bild: Die Mädchen saßen auf dem Sofa und bastelten aus irgendwelchen Stoffresten ein Kleid für Lisas Puppe. »Wie immer macht Tanja die ganze Arbeit und gibt Lisa Anweisungen«, dachte Galina verärgert. Der leuchtende rosa Leib der Puppe drehte sich rasch in Tanjas Händen hin und her, während sie sie ankleidete. Es war eine herrliche, teure Puppe, der Oberkörper aus einem harten Kunststoff und Kopf und Glieder aus einem anderen, weicheren Material. Sie hatte blonde Korkenzieherlocken und runde blaue Augen, die einen anzustarren schienen. Solche Spielsachen hatte Galina als Kind nie gehabt, und sie konnte es sich nicht leisten, Tanja so etwas zu kaufen.

Galina warf einen Blick ins hintere Zimmer. Anstatt sich umzudrehen, beugte sich Raja nur noch tiefer hinunter. Sie kritzelte mit Galinas rostigem Füllfederhalter irgendetwas vor sich hin. Die Feder war fast ausgetrocknet und kratzte herzzerreißend über das Papier.

Galina hielt sich die Ohren zu und sah sich um. Es hatte ihr immer gefallen, dass ihr Zimmer so schnörkellos war. Es gab weder Häkeldeckchen, Marmorelefanten noch Kristallvasen. Die Fensterbänke waren nicht mit Geranien geschmückt, auf den Fußböden lagen keine Teppiche, an den Wänden hingen keine gerahmten Gemälde. Sie besaß nicht einmal ein Madonnenbild in der Ecke, wie ihre Mutter damals zu Hause. An der Wand hing lediglich ein gerahmtes Schwarzweißfoto von Galinas Mutter. Jetzt wünschte Galina, sie hätte ein Gemälde im Haus – irgendein Gemälde, etwas, worauf sie ihren Blick hätte ruhen lassen können. Sie nahm die Hände von den Ohren und hörte sofort wieder die schrecklichen Kratzgeräusche des Füllfederhalters, Lisas mühsamen Atem, das Schnippen der großen Schneiderschere in Tanjas Hand, Lisas gackernden Husten. Galina wollte schreien, den Mund öffnen und sich die Seele aus dem Leib schreien.

Rasch lief sie hinaus in den Flur und murmelte, sie wolle vor der Ausgangssperre noch ein wenig frische Luft schnappen. Ob Raja sie gehört hatte? Wahrscheinlich nicht. Denn wenn ja, wäre sie eilig aus dem Zimmer gekommen und hätte gefragt: »Was? Was hast du gerade gesagt? Du gehst wohin?« Sie hätte ein verzerrtes Gesicht gehabt, und die Stimme hätte ihr versagt. Seit einigen Tagen war es jedes Mal so, wenn Galina aus dem Haus ging. Jedes Mal. Wenn Galina morgens auf den Markt ging, wenn sie wegging, um mit einer der Nachbarinnen oder einer früheren Kollegin zu plaudern oder einfach nur, wenn sie wie heute frische Luft schnappen wollte. Jedes Mal, wenn Galina den Knauf der Wohnungstür berührte, spürte sie Rajas flehenden Blick. Sie sah, dass Raja am liebsten auf die Knie gefallen wäre und Galina am Saum ihres Kleides gepackt hätte, um sie zum Dableiben zu bewegen. Aber stattdessen stand sie bloß in der Tür, verlagerte das Gewicht, klammerte sich mit gelblichen Fingern an den Türrahmen und räusperte sich, um mit ihrem dünnen, zitternden Stimmchen erneut zu fragen: »Wohin gehst du? Wann kommst du wieder?«

Galina öffnete die Tür und warf einen Blick hinüber zum hinteren Zimmer. Raja hatte sich nicht gerührt.

Galina ging hinunter, konnte dem Drang zu rennen kaum widerstehen. Es hätte sie nicht gewundert, wenn Galina aus der Tür gestürzt wäre, um sie am Ärmel festzuhalten. Ein lächerlicher Gedanke. Galina wusste, Raja würde nicht einmal den Kopf aus der Tür stecken. Sie ging zur Wohnungstür und drückte den kalten eisernen Griff nach unten. Langsam gab die Tür nach, schabte über den steinernen Boden und quietschte müde, der letzte Laut, bevor die Stille draußen begann.

Es wurde allmählich dunkel, doch der Kontrast zwischen dem weichen Dämmerlicht der Straße und dem Halbdunkel des Treppenhauses war extrem. Galina musste sich einen Moment lang die Augen schützen. Ihre verlassene Straße mit den wenigen blassen steinernen Häusern, den wenigen blattlosen Bäumen und breiten unebenen Bürgersteigen war weit und geräumig. Galina warf den Kopf zurück und holte gierig Luft. Endlich konnte sie frei atmen!

*

DIE KRIEGSERKLÄRUNG an Deutschland vor drei Monaten, im Juni, hatte Galina zwar völlig überrascht, aber nicht erschüttern können. Irgendwie sah sie den Krieg nicht als große Tragödie oder Katastrophe an, die über ihr Leben hereinbrach und alles zerstörte. Für sie stellte er eher eine unwillkommene Abwechslung in ihrem Alltag dar, die praktische Umstellungen erforderte. Auf Galinas Drängen musste Sergej, ihr Mann, auf dem leeren Grundstück hinter ihrem Gebäude ein großes Loch graben und dort einen kleinen Keller bauen, während sie selbst Kartoffeln kaufte, die sie in Zeitungspapier trocknete und zur Aufbewahrung in große Säcke füllte. Außerdem kaufte Galina in großen Mengen Salz, Seife, Öl und Streichhölzer; klebte Papierstreifen in die Fenster, um sie vor Granaten zu schützen; sorgte dafür, dass sie und Tanja genug warme Sachen hatten; und ermittelte, indem sie ihre Schritte zählte, den kürzesten Weg zum Luftschutzkeller. Sie war nicht erschüttert – im Gegenteil, sie fühlte sich voller Energie und Leben wie schon seit langem nicht mehr. Sie war auch stolz, die Ruhe bewahren und rationale Entscheidungen treffen zu können in einer Zeit, wo alle anderen den Kopf zu verlieren schienen. Galina war nicht einmal erschüttert, als sie ihren Mann verabschiedete, der an die Front zog. Sie standen da, eingekeilt zwischen Männern, die an die Front mussten, und heulenden Kindern und Frauen, die sich an die Mäntel der Männer klammerten. Sergej blieb stumm. Die wenigen Worte, die er äußerte, drehten sich um Tanja, dass es gut gewesen sei, dass Galina sie nicht mitgenommen habe, dass es sie zu sehr aufgeregt hätte. Der Meinung war Galina auch. Sie erhaschte einen Blick auf Raja, die sich ganz in der Nähe, genau wie alle anderen, heulend an ihren Mann klammerte. »Begreifen sie denn gar nicht, worum es geht?«, dachte Galina, und Ärger stieg in ihr auf. »Wir haben Krieg, Männer müssen nun mal in den Krieg.«

Gegen Ende des Sommers, als sich deutlich abzuzeichnen begann, dass die Stadt unter deutsche Besatzung fallen würde, ging die Evakuierung los. Die Fabrikgeräte wurden eilends in Sperrholzkisten gepackt und auf Güterzüge geladen, zusammen mit unentbehrlichen Arbeitern und den Familien derjenigen Soldaten, die Mitglieder der Kommunistischen Partei waren. Alle anderen (die Familien nichtkommunistischer Soldaten, berentete Arbeiter und Invaliden) sollten nach wenigen Tagen nachkommen. Doch nach wenigen Tagen war die

Stadt abgeschnitten. Galina und Raja blieben, weil keiner ihrer Männer Kommunist war.

Die Aussicht, in der besetzten Stadt zu bleiben, schien Galina zwar nicht angenehm, aber auch keine Katastrophe zu sein, zumal die sowjetischen Zeitungen berichteten, dass die Zivilbevölkerung von den Deutschen anständig behandelt werde. Das hatte sie einige Wochen vor Kriegsbeginn gelesen. Galina traf weitere praktische Vorkehrungen: Sie vergrub ihre bescheidenen Wertgegenstände in der Erde neben den Kartoffelsäcken, sie kaufte noch mehr Seife und Streichhölzer, sie vernichtete Tanjas rotes Halstuch und einen Ordner mit Zeitungsausschnitten über Stalin. Galina gelang es nach wie vor, Ruhe zu bewahren.

Mit Raja lag die Sache etwas anders. Kaum war bekannt geworden, dass die Stadt in Kürze abgeschnitten sein würde, geriet sie in fieberhafte Panik. Sie brachte den gesamten ersten Tag damit zu, am Bahnhof hin und her zu laufen und jeden anzusprechen, der sich ansprechen ließ; sie bettelte die Eisenbahnbeamten an, sie und Lisa in einem Güterzug mitzunehmen, und tat alles, um sie zu überzeugen, dass die Züge unbedingt fahren müssten, allein deshalb, weil sie, Raja, unbedingt aus der Stadt müsse. Das ging so lange, bis sie zusammen mit all den anderen verzweifelten Leuten vom Bahnhof vertrieben wurde. Aber im Gegensatz zu den anderen gab Raja danach nicht auf. Die folgenden Tage brachte sie damit zu, durch die Stadt zu laufen und sich alles Mögliche auszudenken, wie sie sich und Lisa aus der Stadt schaffen könnte. Gegen Bestechung sollten ein paar LKW-Fahrer sie nach Osten mitnehmen. Gegen Bestechung sollte ihnen ein Buchhalter bei der Stadtverwaltung gefälschte Papiere ausstellen. Sie ging zu Fuß bis in die kleinen Dörfer südlich der Stadt und fragte alle möglichen Leute, ob sie sie und Lisa nicht auf einem Pferd aus der Stadt bringen könnten. Als sie von ihren Tagesausflügen zurückkam, waren ihre Schuhsohlen durch und die Füße wund gelaufen. Sie ließ sich aufs Sofa fallen, brach in hysterisches Schluchzen aus und war nicht einmal in Lisas Beisein in der Lage, sich zu beruhigen. Raja war Jüdin. Das erklärte einiges, dachte Galina.

Der Krieg war schon seit einigen Monaten im Gange, und Gerüchte waren inzwischen die einzige mehr oder weniger glaubwürdige Informationsquelle. Über die Juden gab es unterschiedliche. Manche Leute erzählten, wenn eine neue Stadt unter deutsche Besatzung falle, würden die Juden als Erstes in Güterzüge gesteckt und wegverfrachtet. Andere erzählten, die Deutschen würden sich gar nicht erst die Mühe machen, die Juden irgendwohin zu verfrachten; sie würden sie einfach am Rande einer Stadt oder einer großen Schlucht zusammentreiben und erschießen. Alle, das heißt Männer, Frauen und Kinder. Ein paar Flüchtlinge aus Kiew, wo Rajas Eltern lebten, wussten noch ein paar grausige Details hinzuzufügen. Tanja fragte Galina immer öfter: »Müssen sich die Juden wirklich ausziehen? Auch die Unterhose? Werden dann wirklich alle Juden in eine große Grube geworfen und bei lebendigem Leibe verbrannt? Haben sie Lisas Großmutter auch verbrannt?« Galina befahl ihr, nicht auf solchen Unsinn zu hören. Aber Tanja ließ nicht locker: »Werden auch Kinder verbrannt? Werden sie Lisa auch verbrennen?« Galina befahl ihr, den Mund zu halten. Auch Raja fing immer wieder davon an. Ständig lief sie durch die Stadt, suchte Flüchtlinge auf und fragte sie immer wieder aus. Sie war überzeugt, dort die Wahrheit zu erfahren. Sie behauptete, sie habe es im Gefühl, dass ihre Mutter tot sei.

Es war schwer, sich Rajas Mutter tot vorzustellen. Galina hatte sie ein-, zweimal getroffen, als sie bei Raja zu Besuch war. Sie war eine sehr lebhafte alte Dame – eine Spur zu lebhaft, wenn es nach Galina ging. Sie trug alberne Hüte und malte sich die Lippen an, obwohl ihr Gesicht so offensichtlich alt aussah, ganz runzlig und aufgedunsen. Sie lachte viel, zeigte dabei ihre Goldkronen und küsste Lisa in aller Öffentlichkeit. Galina versuchte, sich Rajas Mutter als Teil einer grauen schreienden Menschenmenge vorzustellen. Sie versuchte, sie sich nackt vorzustellen, verzweifelt bemüht, ihren fetten runzligen Leib zu bedecken, den albernen Hut noch immer auf dem Kopf. Würde ihr der Hut vom Kopf fallen, wenn man sie erschoss, oder würde er oben bleiben, und würde dann die Leiche von Rajas Mutter in einer Grube liegen, mit Hut?

Es war Galina, die für Raja eine Lösung fand. Ein Bauer aus einem nahe gelegenen Dorf, ein Verwandter Sergejs, willigte ein, Raja und Lisa mit seinem Wagen bis zur nächsten Grenzstadt im Osten zu bringen. An dem Abend, als es losgehen sollte, kam Galina vorbei, um sich von Raja zu verabschieden. Erst dann, beim Anblick Rajas und Lisas in ihren Wintermänteln, obwohl es ein warmer Altweibersommer war, und von Rajas Koffer, der aus allen Nähten platzte, und Lisas Puppe, die aus ihrem Rucksack schaute, beim Anblick ihrer festen Schuhe und ernsten Mienen begriff Galina, wie real das alles war. Raja wollte weg, sie verließ ihre Stadt und würde Galina allein zurücklassen. Galina hatte das Bedürfnis, Rajas Hand zu packen, sie festzuhalten und immer fester zuzudrücken. Sie machte sogar einen Schritt auf Raja zu, doch anstatt ihre Hand zu ergreifen, nahm Galina den Koffer und trug ihn an seinem kalten Ledergriff nach unten.

DIE STRASSE FÜHRTE GALINA zu den verwaisten Straßenbahnschienen. Die deutschen Offiziere und Soldaten – es waren nur wenige in ihrer Stadt – hatten die Backsteingebäude in der Innenstadt, in der Nähe des Rathauses, besetzt. Hier, in diesem abgelegenen Stadtteil, war die Realität des Krieges nicht so sehr spürbar. Es gab weder einen Lebensmittelladen noch ein Kino in der Nähe, und die Gegend war zu dieser Stunde schon immer wie ausgestorben gewesen, wenn die Leute nach Feierabend nach Hause gingen.

Es war sehr still. Galina hatte Krieg immer mit Lärm assoziiert: dem Zischen von Geschossen, mit Explosionen, dem Grollen vorüberziehender Artillerie, mit Geschrei. Aber jetzt schien es, als hätte man die Außenwelt zum Schweigen gebracht. In Galinas Wohnung gab es weitere beunruhigende Anzeichen, dass Krieg war: das aus der Steckdose gezogene Radio, die ungeschälten Kartoffeln, die weißen Papierspuren an den Fenstern, Rajas erschöpften Blick, Rajas zitternde Hände, das Geräusch von Rajas Feder, Rajas ganze Person. Galina hätte nie gedacht, dass es so schwer sein könnte, ihre Anwesenheit zu ertragen.

*

GALINA UND RAJA HATTEN SICH vor drei Jahren kennen gelernt, nachdem Raja mit ihrer Familie in die Stadt gezogen war und eine Stelle als Bibliothekarin in der Stadtbibliothek gefunden hatte. Es war die gleiche Stelle wie Galinas. Sie saßen nebeneinander am Schreibtisch, gingen mittags auf einen Imbiss in dasselbe kleine Eckcafé, kauften im selben Lebensmittelladen ein und nahmen dieselbe Straßenbahn nach Hause. Sie konnten gar nicht anders, als sich anzufreunden. Anfangs gehörten die Gemeinsamkeiten in ihrem Leben zu ihrem Hauptgesprächsthema. Begeistert entdeckten sie immer mehr davon, um dann vor Verblüffung zu lachen. Sie wohnten in derselben Straße in identischen Zweizimmerwohnungen. Sie hatten beide ungefähr gleichaltrige Töchter. Ihre Ehemänner arbeiteten als Ingenieure in der großen städtischen Textilfabrik. Sie waren beide keine Einheimischen dieser Stadt, sondern wegen der Arbeit ihrer Männer zugezogen. Keine von beiden hatte Freunde oder Verwandte hier. Raja hatte ihr ganzes Leben in Kiew gelebt; Galina war in einem kleinen Dorf geboren, aber sie war in Moskau zur Schule gegangen und hatte auch danach noch dort gelebt. Das heißt, sie waren beide das Großstadtleben gewohnt und fanden die Stadt und ihre Nachbarn und Kolleginnen sehr fad. Sie waren beide Anfang März geboren. Sie sahen einander sogar ähnlich: zwei hübsche schlanke Frauen von mittlerer Größe, mit blauen Augen und gewelltem blondem Haar. Von Bibliotheksbesuchern wurden sie oft gefragt, ob sie Schwestern seien, worauf Raja in Gelächter ausbrach und sagte, sie habe sich immer eine Schwester gewünscht. Einmal wurde Galina von Raja überredet, sich das gleiche Kleid zu kaufen. Im Umkleidezimmer des zentralen Textilgeschäfts probierten sie sie an und starrten in den großen Spiegel. »Wir sind Zwillinge!«, rief Raja.

Eine weitere Gemeinsamkeit war, dass sie leidenschaftlich gern Romane lasen, oft auch bei der Arbeit, was ihnen erstaunte Blicke vonseiten der anderen Bibliothekarinnen eintrug, die ihre Arbeitszeit zum Stricken und Plaudern nutzten. Ihrer beider Lieblingsroman war *Anna Karenina*, und anders als alle anderen fand keine von beiden das Ende deprimierend. Raja sagte, für sie sei die traurigste Stelle die, wo Anna zum letzten Mal mit ihrem kleinen Sohn spricht. »Ich habe drei Stunden geheult«, sagte sie. »Ein paar Minuten lang war Pause, und dann ging die Heulerei wieder von vorne los. Meine Mutter hatte panische Angst und wollte schon den Arzt holen«, fügte sie lachend hinzu. »Nach dieser Szene konnte der Rest des Romans einfach nichts mehr in mir anrühren.« Galina weinte weder beim Lesen dieser Szene noch bei Annas Selbstmord. Galina war tagelang wie gelähmt – gelähmt vor Neid auf Anna Karenina. Anna hätte ein normales, ausgeglichenes Leben führen können, aber sie entschied sich dagegen. Sie stieß die Tür auf und fand ein neues, anderes Leben, wo alles, selbst ihr Leiden und ihr Tod, besser waren als ihr altes Leben. Galina konnte sich Anna genaustens vorstellen, wie sie die Tür aufstößt – es war eine schwere verrostete Tür, und wie sich Anna mit ihrer runden Schulter dagegenstemmt. In Galinas Leben gab es keine Türen. Galina fragte sich, ob Raja dafür Verständnis hatte.

Raja schien eine ganze Menge Verständnis zu haben. Sie hatte Verständnis, als Galina ihr von Sergejs Trunksucht erzählte. Alle anderen wollten einfach nicht verstehen, dass das Trinken bei ihm ein Problem darstellte. »Schlägt er dich?«, fragten andere Frauen. »Schlägt er deine Tochter?« – »Schlägt er die Möbel kurz und klein und schmeißt Vasen aus dem Fenster?« – »Hat man ihn schon mal schlafend im Straßengraben gefunden?« Nein, all das traf auf Sergej nicht zu. Er war ein stiller Säufer – er kam jeden Abend nach Hause, schwankte zitternd auf sein Bett zu und klappte darauf zusammen. Am nächsten Morgen erwachte er mit Kopfschmerzen und hatte den ganzen Tag lang einen leeren, toten Blick. Er war zudem ein verlegener, schuldbewusster Säufer. Als Galina ihn fragte, wo das Geld geblieben sei, das sie für Tanjas Wintermantel zurückgelegt hatte, bebten seine Lippen, und er wandte sich ab und schwor mit zitternder Stimme, dass es nie wieder vorkommen werde. Andere Frauen hatten dafür kein Verständnis, vielleicht weil ihre eigenen Männer ebenfalls tranken und dabei nicht so verlegen und schuldbewusst waren. Raja hatte Verständnis. Sie saß neben Galina und ließ sie reden und weinen, ohne zu unterbrechen, ohne Ratschläge zu erteilen, tätschelte Galina nur hin und wieder den Rücken und lächelte sie sanftmütig an. Raja hatte außerdem Verständnis für Dinge, die Galina immer für privat gehalten hatte, für ihre persönliche Angelegenheit, vor aller Augen verborgen, für andere nicht vorhanden. Oft fühlte sie sich angesprochen, wenn Raja Gefühle und Gedanken beschrieb, die auch Galina schon heimlich gehabt hatte. Das freute Galina – sie war also nicht allein. Doch gleichzeitig erschreckte es sie und machte ihr Angst – sie wollte Raja nicht ansehen und ihr eigenes Spiegelbild erkennen. Einmal sagte Raja, sie liebe ihren Mann nicht. »Ich meine, ich liebe ihn sehr«, korrigierte sie sich rasch. »Aber ich liebe ihn … nicht richtig.« – »Ich habe oft so ein Unbehagen in Lisas Gegenwart«, sagte Raja ein anderes Mal. »Ich sehe oft, wie sie sich zwingt, mit mir zu reden. Bei ihrem Vater ist sie nie so. Manchmal frage ich mich, ob sie mich überhaupt liebt.« Galina hatte sich auch schon gefragt, ob ihre Tochter sie überhaupt liebte. Sie schien ihrem Vater so viel näher zu sein. Wenn Sergej nüchtern war, bauten sie zusammen Modellflugzeuge oder spielten Schach oder plauderten, und immer wieder brachen sie in Gelächter aus, verstummten aber, sobald Galina das Zimmer betrat. Auch Galina versuchte, mit Tanja etwas zu unternehmen, aber immer ging dabei etwas schief – Tanja wurde schon nach kurzer Zeit unruhig und Galina ärgerlich. »Liebst du deine Tochter?«, hätte Galina Raja gern gefragt, aber sie fragte nicht. Sie fürchtete sich vor der Antwort.

Nicht immer führten sie solche ernsthaften Gespräche. Oft setzten sie sich zusammen, um über ihr Leben zu plaudern, um Familienanekdoten, Geschichten über einen Jugendschwarm, Kochrezepte oder Kosmetiktipps auszutauschen, denn über solche Dinge wusste Galina nicht viel. Raja kannte auch eine Menge Tricks, die mit Unterwäsche zusammenhingen: »Galina, Schätzchen, nun stopf doch nicht alles hinein, Büstenhalter sind doch nicht dafür da, um den Busen zu verstecken – sondern um ihn zur Schau zu stellen«; oder über weibliche Hygiene: »Schau mal, so herum läuft es nicht aus, so machst du dir nie wieder deinen Rock schmutzig.« Angesichts dieser Bemerkungen war Galina so fasziniert wie beschämt – so hatte noch nie jemand mit ihr gesprochen.

Sie fingen an, immer mehr Zeit zusammen zu verbringen. Raja schaute am Wochenende oder nach der Arbeit vorbei, bevor ihr Mann nach Hause kam. Manchmal brachte sie Lisa mit und ließ sie mit Tanja im Wohnzimmer spielen, während sie und Galina sich in der Küche unterhielten. Oft hatte Galina zu tun, und Raja saß am Küchentisch mit einer Teetasse in der Hand. Galina lief hin und her, putzte die Oberflächen, schrubbte den Boden, befreite Mohrrüben von dicken Erdschichten, zerhackte graue Hühnerkarkassen oder briet zischend Kartoffeln in der Pfanne. Wenn Sergej betrunken nach Hause kam, schnappte Galina sich Tanja und sie gingen zu Raja nach Hause, um bei ihr den Abend zu verbringen. Dort saßen sie in Rajas schmuddeliger Küche und unterhielten sich oft stundenlang. Raja schien sich über Kochen oder Saubermachen nie den Kopf zu zerbrechen. Nichts, weder Feuersbrunst noch Überschwemmung, könnte Raja vom Plaudern abhalten, dachte Galina. Einmal hatte Raja einen Topf Suppe auf dem Herd, der vor sich hin köchelte. Weißer Schaum trat unter dem Deckel hervor, und Raja sah es, aber sie ging erst hin, um die Flamme auszudrehen, als sie ihren Satz zu Ende gesprochen hatte. Während sie bei Raja zu Hause plauderten, spielten die Mädchen meist im hinteren Zimmer, und Mischa, Rajas Mann, lag mit einem Buch auf der Wohnzimmercouch. Manchmal kam Mischa in die Küche und fragte entschuldigend, ob es irgendetwas zu essen gäbe. Da sprang Raja vom Stuhl hoch und beteuerte, wie Leid es ihr tue und dass sie das Abendbrot ganz vergessen habe. Dann fing sie an, in der Küche hin und her zu laufen, um eine Mahlzeit zusammenzustellen – die ganz anders war als das, was bei Galina zu Hause auf den Tisch kam. Geschirr klapperte, Päckchen purzelten aus den Regalen, und kleine Bröckchen fielen zu Boden. Manchmal blieb Galina da, um zu helfen, und sie kochten gemeinsam etwas und aßen gemeinsam zu Abend – alle fünf.

DER BÜRGERSTEIG WAR ÜBERSÄT mit Haufen von glitschigem Herbstlaub. Sie sonderten einen seltsamen, süßlichen Duft ab, als Galina dagegenstieß. Allmählich bekam sie kalte Zehen. Sie stieg über die schimmernden Straßenbahnschienen hinweg und setzte ihren Weg zwischen den Holzschwellen fort. Der trockene Kies raschelte unter den dünnen Sohlen ihrer Stiefel. Jedes Mal, wenn sie auf einen kleinen Kieselstein trat, spürte sie ein angenehmes Prickeln in den Füßen. Sie hatte kein Ziel, bloß weg von zu Hause, weg von Raja.

GALINA HATTE NIE GERN bei Raja zu Abend gegessen. Sie spürte, dass Raja und Mischa angespannt waren, angespannt und vielleicht ein wenig verlegen, weil sie Käse und Salami und Sardinen aus der Dose und frühe Tomaten auf dem Tisch hatten – Dinge, die sich Galina nicht leisten konnte. Galina fühlte sich unwohl. Tanjas Benehmen machte die Sache nur noch schlimmer. Sie schnappte sich die Salamischeiben vom Teller – mehrere Scheiben auf einmal – und sagte mit vollem Mund, sie hätte nie gedacht, dass »Wurst« so köstlich schmecken könne. Sie stopfte sich Tomatenviertel in den Mund, verspritzte roten Saft und Kerne und lächelte selig. All das im Gegensatz zu Lisa, die langsam und widerwillig aß, und immer musste Raja sie erst anbetteln: »Liebling, bitte, nur noch ein Stückchen.« Oft verspürte Galina den Drang, Tanja die flache Hand auf den Hinterkopf zu knallen, ihr ordentlich eine zu knallen, damit ihr die verfluchte Salamischeibe im Hals stecken blieb.

Auch Mischas Gegenwart machte Galina beklommen. Sie vermied es, ihn anzusehen, wahrscheinlich weil er so unattraktiv, fast hässlich war. Galina musste jetzt wieder daran denken, wie sie sich erschrocken hatte, als sie Mischa zum ersten Mal sah. An Sergejs Geburtstag waren Raja und Lisa vorbeigekommen, aber Mischa hatte sich verspätet. Als er kam, war die Wohnung bereits voller Menschen. Schüchtern betrat er den Raum, überragte ein Meer von Köpfen und Tabakwolken. Mit dem Blick suchte er das Zimmer ab und wirkte so verloren, dass Galina eine Sekunde lang glaubte, er habe sich dorthin verirrt, so anders sah er aus als alle anderen. Mischa hatte einen kleinen Oberkörper und einen kleinen Kopf und sehr lange, behäbige Arme und Beine. Auch sein Hals war sehr lang, die Nase groß und breit. Raja nannte ihn »mein hässliches Entlein«. Mischa war ein ruhiger Mann; während die anderen brüllten, lachten und später betrunkene Lieder sangen, saß er mit einer von Sergejs Technikzeitschriften in der Ecke. Als Raja wie immer aus dem Nichts neben ihm auftauchte, ganz gerötet und berauscht von der ausgelassenen Atmosphäre, legte er ihr schüchtern und besitzergreifend zugleich den Arm um die Taille. Sie strich ihm über den Rücken, schmiegte ihr Gesicht an seinen hageren Körper, sagte »du bist mein hässliches Entlein« und küsste ihn, worauf er rot wurde und lächelte. Offensichtlich, dachte Galina, war Hässlichkeit bei einem Mann eine Frage der Gewohnheit. Sonst wäre Raja doch nicht imstande, ihn zu küssen oder ihm den Rücken zu streicheln, oder mit ihm ins Bett zu gehen und Spaß daran zu haben.

»Spaß daran habe ich schon«, hatte Raja einmal gesagt, in Galinas Küche. »Mischa ist nicht schlecht … Er tut alles, um mich zu befriedigen.« Mit baumelnden Beinen saß Raja auf der Fensterbank. Auf allen vieren schrubbte Galina ihren abgewetzten Holzfußboden. Rajas schlenkernde Schuhe vor ihrem Gesicht waren sehr lästig. Dann beugte sich Raja hinunter zu Galina und sagte langsam und im Flüsterton: »Aber weißt du, irgendetwas fehlt.« Galina ertappte sich dabei, wie sie knallrot anlief. Sie murmelte etwas wie: »tatsächlich?« und tauchte unter den Tisch, um dort weiterzuschrubben.

»Wie ist deiner?«, fragte Raja einmal. Galina überraschte die Frage nicht. Jedes Mal, wenn geplaudert wurde über Kinder, Einkaufen oder Unterwäsche, spürte sie, dass Raja das Bedürfnis hatte, über diese Sache zu reden. Galina hatte sich sogar eine Antwort zurechtgelegt. Tiefer Seufzer und schüchternes Lächeln. »Na, das glaube ich gern«, sagte Raja. »Dein Mann ist ja auch ein Hübscher!« Das hatte Galina schon oft gehört. Früher fand sie ihn auch mal hübsch. Doch mit der Zeit fing sie an, gewisse Makel an Sergejs Äußerem zu bemerken, jedes Jahr immer mehr, und irgendwann nichts als Makel. Kürzlich war ihr aufgefallen, dass Sergej mit seinen leicht vorstehenden Augen und den fleischigen Lippen aussah wie eine Kuh.

»Er versucht sie zu befriedigen«, dachte Galina oft, während sie Mischa in Rajas Küche gegenübersaß. Allein die Vorstellung, einander befriedigen zu wollen, erschien Galina befremdlich. Weder sie noch ihr Mann hatten in dieser Hinsicht jemals Absichten gehabt. Am Anfang, als Leidenschaft da war, gingen sie vor, wie es am einfachsten und einleuchtendsten erschien. Sie waren wie zwei hungrige Tiere, die ihr Futter verschlingen, ohne sich die Mühe zu machen, den Geschmack zu verfeinern oder das Essen schön anzurichten. Und nach ein paar Ehejahren, vor allem seit Sergejs Alkoholkonsum zugenommen hatte, ging es bei ihrem seltenen Geschlechtsverkehr kaum um Befriedigung, nicht einmal um schlichte Lust. Meist kroch Sergej ins Bett, seufzte und flüsterte: »Lass ihn uns reinstecken.« – »Und wie soll das gehen?«, dachte Galina. Er war schlaff und ähnelte einer verschrumpelten alten Socke. Es tat weh, als Sergej sich mühte, ihn einzuführen. »Hilf mir doch«, sagte er weinerlich. Galina half ihm, wobei sie alles tat, um den Blick abzuwenden von seinem vor Anstrengung geröteten Hals und dem feuchten Haar, unnatürlich gelb im Mondschein. Danach begannen die Federn unwillig zu quietschen, und Galina lag da, eingequetscht unter Sergejs Körper, und spürte, wie sein unrasiertes Kinn ihr irgendwo über dem Ohr die Haut aufscheuerte. Manchmal warf sie besorgte Blicke hinüber zu Tanjas Bett, aber Tanja schlief immer tief und fest, das Gesicht zwischen Kissen und Wand vergraben. Nach wenigen Minuten war das Quietschen vorbei, und Galina eilte ins Badezimmer. Wenn sie wiederkam, war Sergej eingeschlafen.

Der Höhepunkt von Galinas Sexualleben ereignete

sich bei der Gynäkologin, wo sie sich einmal im Jahr untersuchen ließ. Die Ärztin, eine ernste Frau mit einem dünnen Dutt aus fettigem dunklem Haar, sah ihre Patientinnen nie an. Sie untersuchte sie rasch mit leicht angewiderter Miene, ehe sie an ihrem Schreibtisch Platz nahm und sich in ihren Unterlagen vergrub. Galina wusste, dass die Ärztin irgendwann hüsteln und fragen würde: »Leben Sie …?« – um sich auf diese bescheidene Weise zu erkundigen, ob eine Patientin sexuell aktiv sei. Galina sagte jedes Mal ja. Es war ja so.

Sie lebte.

GALINA SPÜRTE IHRE BEINE – sie musste ziemlich weit gelaufen sein. Ein paar Meter weiter sah sie die leuchtend roten Buchstaben auf dem Schild des zentralen Textilgeschäfts. ODESHDA. Streng genommen waren die Buchstaben D und E abgefallen, und das Schild wirkte wie ein Mund mit Zahnlücken. Galina stieg über die Glasscherben hinweg und steuerte auf den Eingang zu. Das Fenster des Geschäfts war eingeschlagen und alles im Innern von Plünderern gestohlen oder zerstört worden. Sie spähte hinein, wobei sie darauf achtete, sich nicht an den Glasscherben zu schneiden. Zerfetzte Kartons, Stoffreste, ein paar metallene Kleiderständer, Kunststoffbügel und Knöpfe – hunderte von Knöpfen – lagen über den steinernen Fußboden verstreut. Weiße Kleiderpuppen aus Kunststoff, entblößt, mit ihren Glatzen und grauen Filzoberkörpern, lagen auf dem Rücken neben den klaffenden Löchern, wo früher einmal die Fenster gewesen waren. Tiefer im Innern des Ladens sah Galina, dass die Tür zum Umkleideraum an einem einzigen

Scharnier baumelte, und im Umkleideraum selbst entdeckte sie einen kaputten Spiegel.

An dem Tag, als Galina und Raja genau in diesem Umkleideraum das gleiche Kleid anprobierten, hatte sich Galina beim Umziehen besonders beeilt, weil sie verhindern wollte, dass Raja ihre hässliche wollene Unterwäsche sah. Sie warf sich das Kleid über den Kopf und machte schlängelnde Bewegungen, um hineinzuschlüpfen. Der Reißverschluss klemmte, und Raja, die noch in Unterwäsche war, kam ihr zu Hilfe. Galina spürte das Kitzeln von Rajas scharfen kleinen Fingernägeln an ihrem Rücken, während sie am Reißverschluss zerrte. Es war kühl in dem Raum, und sie kicherten vor Kälte und Aufregung.

Die Kleider waren aus leichter Baumwolle, rote und weiße Sprenkel auf dunkelblauem Grund. Sie hatten kurze Ärmel, einen tiefen Ausschnitt und Fransen am Saum. »Wir sind Zwillinge!«, rief Raja, als sie zusammen in den Spiegel schauten, doch Galina sah, dass die identischen Kleider statt der Ähnlichkeiten eher die Unterschiede hervorhoben. Rajas Gesicht hatte mehr Farbe. Ihre Haut war sehr blass, ihre Wangen rosig, ihr blondes Haar heller als Galinas, und ihre Augen waren von einem leuchtenderen Blau – Galinas waren fast grau. Oder vielleicht lag es auch an Rajas herrlichen Türkisohrringen, dass ihre Augen so blau wirkten. Galina sah, dass ihre eigenen Gesichtszüge schön und ebenmäßig geschnitten waren, während in Rajas Gesicht alles geschmeidig und diffus war: geschwollene Augenlider, Pausbäckchen ohne konturierte Wangenknochen, ein weicher Mund. Galina überlegte hin und her, an was sie Rajas Nasenform erinnerte.

Dann sah sie es: an einen großen Regentropfen, oben schmal, an der Spitze abgerundet und breit zulaufend. Galina glättete die Stofffalten über der Brust und bog den Rücken durch. Ihr Busen war fest, die Schultern breit, die Beine wohlgeformt und muskulös. Ihr ganzer Körper war gelungen, wenn auch etwas eckig. Rajas Figur schien aus Unvollkommenheiten zu bestehen. Sie hatte dünne Beine und Unterarme, wogegen die Oberarme und Oberschenkel mollig waren. Darüber hinaus hatte Galina beim Umziehen einen kleinen Bauch über dem seidenen Schlüpfer gesehen. Da mochten die Schlüpfer noch so teuer und elegant sein, das weiche, weiße, überschüssige Fleisch verbergen konnten sie nicht.

Galina wurde häufiger als Raja schön genannt. Ein Mann in der Bibliothek sagte sogar, sie sei ein Beispiel reinster slawischer Schönheit und er habe in einem der Kunstbücher ein Bild gesehen, das ihr aufs Haar ähnelte. Der Mann war sehr alt. Sein weißer Rauschebart berührte die Seiten des Buches, während er darin blätterte, um für Galina das Bild zu finden. Als er die Seite fand, erkannten sie, dass es gar kein Bild war, sondern eine Marmorstatue, die schlicht *Eine Slawin* hieß. Galina stimmte ihm zu, die Ähnlichkeit war wirklich frappierend. Die gleiche harte Stupsnase, die gleichen vorstehenden Wangenknochen, die gleichen festen, fein gemeißelten Lippen. Die Frau in dem Buch war schön, und Galina war es auch. Aber die unvollkommene Raja fiel den Männern immer zuerst auf. Raja lächelte viel, Raja kreischte, Raja blinzelte, Raja malte sich die Lippen knallrot an, Raja wackelte mit den Hüften, Raja sprach mit honigsüßer Stimme jeden Mann an, der die Bibliothek betrat, Raja trug hohe Absätze und schmale glitzernde Gürtel, die ein wenig zu eng auf der molligen Taille saßen. »Eine kleine Hure«, hätte Galinas Mutter gesagt.

Seit Kriegsbeginn war aus irgendeinem Grund Galinas Mutter wieder öfter in ihren Gedanken aufgetaucht. Galina dachte nicht mehr voller Trotz an sie, wie früher, vor dem Tod ihrer Mutter und noch lange danach; stattdessen versuchte sie sich jetzt vorzustellen, wie ihre Mutter auf das eine oder andere Ereignis in Galinas Leben reagiert hätte. Galina versuchte, Erinnerungen in sich wachzurufen aus der Zeit, die sie zusammen verbracht hatten, die Worte ihrer Mutter, den Klang ihrer Stimme, ihre Gesichtsausdrücke. Meist dachte sie an ihre gemeinsamen Osterspaziergänge zum Friedhof, vielleicht weil dieser Feiertag ihre Mutter milde zu stimmen schien und weil Galina sich ihr da immer am nächsten gefühlt hatte. Galina ging an der Hand ihrer Mutter zum Dorffriedhof, zusammen mit einer fröhlichen Gruppe von aufgeputzten, angetrunkenen, überhitzten Leuten, die bunte Papierblumen, gefärbte Eier, Wodkaflaschen und Ostergebäck dabeihatten. Die Gruppe drängte durch das eiserne Tor, ehe sie sich über den Friedhof verteilte, um an den Gräbern ihrer Verwandten zu essen und zu trinken. Das Grab, das sie und ihre Mutter besuchten, befand sich in der letzten Reihe, neben dem Zaun. In ihrem Winkel waren nur sehr wenig Leute. Auf einer kleinen Bank in der Erde, wo Galinas Großeltern, ihr Vater und ihr kleiner Bruder begraben waren, breiteten sie ihr Essen aus. Galina erinnerte sich an niemanden mehr, und sie war nicht traurig; sie mochte die fröhlichen Farben der gefärbten Eier und Papierblumen, den Geschmack des süßen, bröselnden Kuchens, die Ruhe, die an diesem Ort herrschte. Galinas Mutter redete nicht viel, bis auf dieses eine Mal, als sie ein bisschen mehr getrunken hatte. »Sieh mal, Galina«, sagte sie und deutete mit ihrer rauen braunen Hand in die Richtung des Zauns, der den Christenfriedhof von dem der Juden trennte. Ihr Gesicht war gerötet, und die Augen glänzten. »Das sind die jüdischen Gräber. Sieh sie dir an. Und dann sieh dir unsere an.« Galina stand auf, schüttelte sich die Krümel von ihrem gestärkten Osterkleid und ging hinüber zum Zaun. Dort bog sie die dichten Zweige eines jungen Ahornbaums zur Seite und sah hin. »Sieh hin, Tochter, was die Juden haben«, wiederholte Galinas Mutter. Sie sah die schwarz gestrichenen Eisenzäune und darin die zarten jungen Knospen der Veilchen und Vergissmeinnicht, die sich durch die schwere, dunkle Erde schoben. Sie sah Grabsteine – sie waren klein, aber aus echtem Stein, ein jeder mit einem schiefen, falsch geformten Stern. »Jetzt sieh dir an, was wir haben.« Galina trat vom Zaun zurück und sah sich um: schiefe Kreuze aus faulendem Holz, Papierkränze und Eierschalen, ein Meer aus gefärbten Eierschalen. Auf dem Rückweg war Galina müde und schläfrig und musste sich gegen die Hüfte ihrer Mutter lehnen. Die Worte ihrer Mutter kamen von oben und schienen sich wie ein schwerer warmer Schal um Galinas Kopf zu wickeln. »Denk dran, Galina. Die Juden kriegen alles. Sie haben ihre Mittel und Wege.«

Galina fragte sich, was ihre Mutter wohl davon gehalten hätte, wenn sie gewusst hätte, dass ihre Tochter Juden in ihrem Haus versteckte.

IN DER NACHT, als Raja mit dem Bauern die Stadt verlassen sollte, erschien sie gegen drei Uhr morgens vor Galinas Tür. Sie stand in der Tür, mit Lehmklumpen vom Acker an den Stiefeln, schweißnass unter ihrem Wintermantel und zitternd. Sie sagte, sie hätten sich wie verabredet an die Kreuzung gestellt und dort bis zwei gewartet, aber der Bauer sei nicht gekommen. Galina fiel es nicht ganz leicht, ihre spontane Freude über das Wiedersehen mit Raja zu verhehlen. Sie mochte sich kaum anhören, was Raja sagte: »Ich habe russische Truppen gesehen. Sie waren auf der Flucht. Auf der Flucht!« Sie seien über die Zäune gesprungen, sagte sie; die meisten hätten nicht einmal Pistolen oder Gewehre dabeigehabt. Im Laufen hätten sie sich die Uniformen vom Leib zu reißen versucht. »Das ist das Ende«, sagte Raja. »Wir werden sterben.« Ein seltsam aufgewühlter Ausdruck lag auf ihrem Gesicht. Sie schien auf irgendetwas zu warten. Ihre Augenlider zuckten, und sie rieb sie sich mit dem Handrücken. »Beruhige dich. Das ist nicht das Ende«, sagte Galina. Eine Zeit lang standen sie schweigend da.

Nachdem Raja gegangen war, hatte Galinas makelloser Fußabtreter Schlammspuren. Galina nahm ihn und ging damit zum Spülstein, um ihn zu säubern.

»Die Deutschen werden bald in der Stadt sein, sehr bald«, dachte Galina, und das Wasser lief in dünnen braunen Rinnsalen vom Fußabtreter in den Spülstein. »Vielleicht sogar noch heute. Wenn man den Flüchtlingen Glauben schenkt, kann es nur noch eine Frage von Tagen sein, ehe sie die Juden zusammentreiben.« Allmählich wurden ihre Hände kalt; sie schüttelte den Fußabtreter ab und trug ihn zurück in den Flur. »In ein paar Tagen könnte Raja tot sein«, dachte sie. »Sowohl Raja als auch Lisa.« Der Stuhl quietschte, als Galina sich hinsetzte. Tanja bewegte sich im Schlaf, und Galina stand auf, um ihre Decke hochzuziehen. Sie werden tot sein, wenn sie nicht hierher kommen. Galinas Herz schlug ihr bis zum Hals, doch ihr Kopf war auf einmal ganz klar. Ihre sämtlichen Bekannten wussten, dass Raja mit dem Bauern wegfahren wollte. Nach der Evakuierung waren nur wenige Familien in ihrer Straße geblieben, und es war höchst unwahrscheinlich, dass jemand von Rajas nächtlicher Rückkehr etwas gemerkt hatte. Wenn Raja und Lisa in Galinas hinterem Zimmer bleiben und die Wohnung nicht verlassen würden, bekäme sie niemand zu Gesicht. Tanja war sehr schlau für ihr Alter; Galina wusste, sie würde bestimmt nichts ausplaudern. Von den Leuten, die vor dem Krieg bei Galina vorbeigeschaut hatten – zumeist Sergejs Freunde –, war keiner mehr da. Niemand würde sie bei den Deutschen anschwärzen können. Und wenn die Deutschen beschlossen, die Häuser nach Juden zu durchsuchen, würden sie es kaum bis in Galinas abgelegenen Stadtteil schaffen. Natürlich war es immer noch eine Gefahr. Eine große Gefahr. Doch der Gedanke an die Gefahr konnte Galinas Eifer nicht dämpfen; im Gegenteil, umso begeisterter war sie.

Galina wusste nicht mehr, wann sie zuletzt so aufgeregt gewesen war, als sie zu Rajas Wohnung lief. Bis zur Dämmerung mussten sie es zu ihr nach Hause schaffen. »Holt eure Sachen und kommt mit zu mir. Wir müssen es schaffen, bevor es hell wird«, sagte sie atemlos zu Raja, kaum dass sie den dunklen Flur betreten hatte. Raja, die noch voll bekleidet war, nur ohne Mantel, rannte zu Galina hin und brach in Schluchzen aus. Rasch murmelte sie etwas, während sie Galina an den Schultern packte. Die Worte, die aus ihrem Mund kamen, schienen in Rotz zu schwimmen. Sie waren schwer auszumachen. Es ging um das große Risiko für Galina und Tanja, und dass Raja das nicht akzeptieren könne, und dass sie und Lisa besser versuchen sollten, sich aus der Stadt zu schleichen, in den Wald zu laufen und sich dort zu verstecken, und dann ging es wieder um das Opfer, das große Risiko für Galina, und dass sie das nicht akzeptieren könne. Galina spürte Rajas spitzes Kinn und die klebrigen Tränen auf ihrer Schulter. Sie hatte das Bedürfnis, sich abzutrocknen, aber sie wartete, bis Raja fertig war. Sie wusste, dass Rajas Tränen aufrichtig waren, doch gleichzeitig spürte sie, dass die kleine Rede einstudiert war. Sie warf einen Blick durchs Zimmer und sah Rajas unausgepackten Koffer an der Tür, ihren Mantel, der auf den Stuhl geworfen worden war, und Lisa, ebenfalls noch in voller Bekleidung, zusammengekauert in der Ecke auf dem Sofa. Galina sah, dass man mit ihrer Einladung schon lange gerechnet hatte und dass sie bereits angenommen worden war. Galina spürte ihre Aufregung schwinden.

Später standen Raja und Lisa schweigend im Flur von Galinas Wohnung. Raja war schon hunderte Mal bei Galina gewesen und kannte sich in der Wohnung aus. Wenn Galina Geburtstagsfeiern gab, war Raja, die immer schon früher zum Helfen kam, zwischen Küche und Wohnzimmer hin und her geeilt und hatte Galina geholfen, den Tisch zu decken und die Speisen hereinzutragen. Und wenn die Gäste eintrafen, empfing Raja sie im

Flur und zeigte ihnen, wo sie ihre Mäntel ablegen konnten, und führte sie vergnügt ins Wohnzimmer. Jetzt stand sie barfuß auf dem geknüpften Fußabtreter – sie hatte sich gerade die Stiefel ausgezogen – und fragte, wohin mit ihrem und Lisas Mantel. Galina gab ihnen Pantoffeln und führte sie ins hintere Zimmer. Schüchtern traten sie ein und setzten sich aufs Bett. Tanja, die geweckt und eingeweiht worden war, saß im Bett und gab sich alle Mühe, ernst und erwachsen zu wirken. Niemand wusste, was als Nächstes zu tun war. Galina betrachtete Rajas spitze Schultern in ihrem karierten Kleid, Rajas Hände, zwischen den Knien gefaltet. Das Leben dieser beiden hing nun vollständig von ihr ab; ihre ganze Existenz lag in ihren Händen. Galina hätte am liebsten einen Rückzieher gemacht und gesagt: »Nein, nein, ihr könnt hier nicht bleiben. Das ist nichts für mich. Ich bin nicht der Typ dafür. Ich bin darauf nicht vorbereitet.« Aber es war nicht mehr zu ändern.

GALINA LIESS DAS KLEIDERGESCHÄFT zurück. Ihre Beine und ihr Rücken waren schon ganz steif. Sie machte ein paar feste, schnelle Schritte, um wieder warme Füße zu bekommen. Während sie auf dem unebenen Bürgersteig mit den Füßen stampfte, hatte sie das zermürbende Gefühl, dass Raja irgendwo in der Nähe sei. Dass sie ihr den ganzen Weg von zu Hause aus gefolgt sei und irgendwo stand, versteckt hinter einem Laternenpfahl oder einem ehemaligen Bierkiosk. Galina sah sich sogar rasch um, aber da war natürlich niemand.

Ein paar Meter weiter entdeckte sie eine verlassene Straßenbahn. Mit geöffneten Türen stand sie auf den

Schienen, als ob sie gerade angehalten hätte und auf die einsteigenden Fahrgäste wartete. Sie hatte etwas sehr Friedliches. Galina ging zu der nächstgelegenen Tür und stieg ein. Es störte sie nicht, dass die Glühbirnen herausgeschraubt und die Fenster sowie die meisten Sitze entfernt worden waren. Galina bahnte sich einen Weg nach hinten und setzte sich auf einen der übrig gebliebenen Sitzplätze. Sie dachte, sie müsse nur die Augen schließen, um fast wieder das Klingeln der Straßenbahn zu hören, und ruckend würde sie losfahren. Und dann würde Raja anfangen zu erzählen. Früher, als sie immer zusammen fuhren, hatte Raja aus irgendeinem Grund immer nur erzählt, wenn die Straßenbahn in Bewegung war. Sobald die Straßenbahn an den Stationen hielt, verstummte auch Raja plötzlich und wartete, bis es weiterging. Auf diese Weise erfuhr Galina von Rajas Affäre, zwischen Straßenbahnhaltestellen.

»Dieser Mann, ich glaube, er mag mich«, sagte Raja. In ihr fieberhaftes Flüstern mischten sich das Rattern der Räder und das Knistern der Oberleitung. »Dieser Mann aus der Bibliothek, ist er dir aufgefallen?«

Er war Galina aufgefallen. Ein Mann war in ihre Ecke gekommen und hatte sich erkundigt, ob sie Nachschlagewerke zur Hydromechanik hätten. Ein neues Gesicht in der Stadt, wahrscheinlich ein Ingenieur auf Geschäftsreise. Ein eher unscheinbarer Mann, Ende vierzig, klein, mit lichtem Haar und einem hübschen runden Bäuchlein, das über dem Hosenbund hervorschaute. Raja errötete und erbot sich, ihm das Regal zu zeigen. Sie ging vor ihm her, und Galina sah, dass Raja eine Spur zu bemüht war, den Rücken durchzubiegen und sich geschmeidig in den Hüften zu wiegen. Die Nachschlagewerke befanden sich auf dem obersten Regal. Raja musste auf die Leiter steigen. Als sie wieder unten war, reichte ihr der Mann die Hand, doch sie stolperte (mit Absicht, dessen war sich Galina sicher) und lachte so verspielt wie nur möglich.

Raja rutschte auf ihrem Stuhl hin und her und seufzte: »Er hat wunderschöne Augen, findest du nicht? Und sein Mund …«

»Ganz normale Augen«, dachte Galina. Klein, dunkel. Sie versuchte, sich seinen Mund in Erinnerung zu rufen. Er hatte volle, leuchtende Lippen, solche, wie sie in Romanen meist als sinnlich beschrieben wurden. Ob er damit wohl besonders gut küssen konnte? »Wie sich seine Küsse wohl anfühlen«, sagte Raja, und Galina erschrak, wie ähnlich ihre Gedanken waren.

Und dann, als sie sich durch die Menge zum Ausgang drängten, flüsterte Raja: »Weißt du, was er zu mir gesagt hat?« Galina zuckte mit den Achseln. Raja beugte sich dicht zu ihr, und Galina hörte ihren hastigen, aufgeregten Atem und roch den schwachen, unangenehmen Duft ihres Lippenstifts. »Er sagte, als ich auf der Leiter stand, hätte er meinen Schlüpfer durchs Kleid sehen können, und er hätte einfach nicht wegschauen können!«

Galina war baff. Auf dem ganzen Weg von der Straßenbahnhaltestelle nach Hause konnte sie nicht aufhören, daran zu denken, und auch noch später, während sie das Essen kochte und wartete, dass Sergej nach Hause kam. Ihre Zimmergenossinnen an der Uni erzählten damals andauernd von ihren Freunden, aber ihre Ausdrucksweise war plump und direkt: »Er ist gestern

Abend vorbeigekommen. Wir haben gevögelt.« Das hatte Galina weder berührt noch in Verlegenheit gebracht. Diesmal war es anders. Galina begriff nicht ganz, inwieweit es anders war, sie wusste nur, dass sie davon nichts hören wollte. Aber sie kam nicht umhin. Jedes Mal, wenn sie sich begegneten, auf der Arbeit, in der Mittagspause, wenn Raja zum Tee vorbeischaute, in der Straßenbahn, erzählte Raja von ihrem Ingenieur. Zeitweise fing sie Galinas missbilligenden Blick, ihr Grinsen oder Zucken auf. Galina konnte ihre Einstellung nicht ganz verhehlen, und so unsensibel war Raja nicht, dass sie sie ignoriert hätte, aber sie konnte es einfach nicht lassen: Sie platzte förmlich vor Geschichten und Details, die sie loswerden musste; sie war erzählsüchtig geworden.

Eine der letzten Offenbarungen fand im »Fleischbällchen« statt, einem winzigen Café, in dem sie und Raja ihre Mittagspause verbrachten. Galina erinnerte sich ganz genau an diesen Tag. Sie standen an dem hohen runden Tisch mit dem eisernen Tischbein – in dem Café gab es keine Stühle – vor dem großen schmutzigen Fenster. Galina hatte ein dickes Glas »Kaffeegetränk« vor sich stehen – eine süßliche graue Flüssigkeit, die weder nach Kaffee roch noch schmeckte. Raja hatte das gleiche Glas vor sich, nur mit Rinderbrühe. Auf dem Tisch standen ein abgesprungener weißer Teller mit zwei Fleischbällchen und Rajas glänzende schwarze Handtasche. Raja knabberte an ihrem Fleischbällchen, nachdem sie Galina über die neusten Entwicklungen in ihrer Affäre unterrichtet hatte. Dann legte sie das Fleischbällchen hin und leckte sich mit verträumtem Lächeln die Krümel von den Lippen. »Weißt du, was er gestern zu mir gesagt hat?«, fragte sie. Galina stöhnte innerlich auf und wappnete sich, um das nächste schmierige Kompliment über sich ergehen zu lassen, aber auf das, was kam, war sie nicht vorbereitet gewesen. »Er sagte« – Raja sprach langsam und betonte jedes Wort –, »dass mein ›na du weißt schon‹« – dabei blickte sie nach unten – »nach Johannisbeergelee schmeckt.« Dann lachte sie. Galina spürte, wie ihr ganzer Körper hinabsank, als würde sie ein sehr kräftiger Mensch zu Boden reißen, und gleichzeitig spürte sie, dass sich der schwere runde Tisch mitsamt den Fleischbällchen, den Gläsern und Rajas Handtasche in ihre Richtung neigte. Instinktiv griff sie nach ihrem Glas, und als ihr Schwindelanfall – später ging ihr auf, dass es ein Schwindelanfall gewesen sein musste – nachließ, stellte sie fest, dass sie noch immer ihr Getränk umklammerte und Raja noch immer lachte. Das Gefühl konnte nicht länger als ein paar Sekunden angehalten haben, doch Galina war übel, und sie fühlte sich orientierungslos. Sie konnte den Anblick der lachenden Raja nicht ertragen, mit ihren schiefen Zähnen und den blauen Augenschlitzen. Auf einmal hatte sie unwiderstehliche Lust, Raja den heißen Kaffee ins Gesicht zu schütten, sie schreien anstatt lachen zu hören, ihr zartes Gesicht vor Schreck und Entsetzen verzerrt und die schmutzig braune Flüssigkeit über ihre bleichen Wangen rinnen zu sehen. Die Lust war so groß, dass sich Galina dabei ertappte, das Glas in die Hand zu nehmen und in Rajas Richtung zu schieben. Sie tat nichts; stattdessen hörte sie sich mit fremder, krächzender Stimme fragen, und hatte dabei das Gefühl, die Worte stammten gar nicht von ihr selbst, sondern fielen ihr wie schwere

Steine aus dem Mund: »Tut es das denn?« Raja hörte auf zu lachen. »Tut es was?« – »Nach Johannisbeergelee schmecken?« Raja lachte, diesmal leiser: »Woher soll ich das wissen?«, sagte sie.

In dieser Nacht war es zu heiß zum Schlafen. Galina lag auf der Decke im Bett und fächelte sich mit den Rüschen ihres Nachthemds Luft zu. Sie hörte, wie ihre Tochter im Schlaf leise Pfeifgeräusche von sich gab und ihr Mann neben ihr schnarchte. Galina versuchte sich vorzustellen, wie es wohl wäre, wenn ein Mann bei ihr so etwas täte. Sie versuchte, sich die Jungen in Erinnerung zu rufen, die sie auf der Uni umworben hatten, aber ihr fiel nichts mehr dazu ein. Alles, was sie sah, waren verschwommene, gesichtslose graue Gestalten in billiger Studentenkleidung. Doch von Rajas Liebhaber hatte sie ein klares Bild, quälend klar, als läge er neben ihr im Bett. Alles, was an ihm hässlich und abstoßend wirkte, erregte sie plötzlich. Sie spürte, wie sich seine dreisten roten Lippen auf ihre drückten und sich an ihrem Hals hinunterarbeiteten, sie spürte seinen dicken behaarten Bauch auf ihren Beinen. Sie atmete seinen fremden Atem ein und schob ihm ihr Nachthemd hoch. Sie sah, wie sich sein Kopf – die kahle Stelle, umgeben von einem Kranz aus dunklem drahtigem Haar – zwischen ihren Beinen hin und her bewegte. Galina fuhr mit der Hand hinab.

So etwas hatte sie schon lange nicht mehr getan, das letzte Mal mit fünfzehn, und dann wurde sie von ihrer Mutter erwischt. Sie erinnerte sich noch genau an das Krächzen ihrer Mutter, und wie sie sie mit ihren festen, eiskalten Fingern an der Schulter packte. Sie stieß Galina vom Bett und schleppte sie, zitternd und stolpernd, zu ihrem großen Kachelofen, wo sie Galina an den Handgelenken packte und ihre Handflächen gegen die glühend heiße Ofentür drückte. Galina wusste noch, wie sie anschließend auf ihrem Bett saß, viel zu schockiert, um zu weinen, und wie ihre Mutter ihr die verbrannten Handflächen mit Schweinefett einschmierte, wie sie weinte und immer wieder sagte: »Galina, ich will nicht, dass aus dir eine Hure wird.«

Galinas Augen waren geschlossen, doch sie spürte, wie ihre Mutter sie von ihrem Bild an der Wand aus anstarrte. »Ja, Mutter, ja«, dachte Galina, »sieh nur, was ich hier tue! Vielleicht will ich ja eine Hure sein. Vielleicht habe ich nie etwas anderes gewollt!«

Als es vorbei war, schob sich Galina die feuchten klebrigen Strähnen aus dem Gesicht und wischte sich die Schweißperlen von der Nase. Die Hände zitterten ihr, und ihr Herz klopfte so schnell, dass ihr übel war. Das Bild ihrer Mutter war im Mondlicht kaum zu sehen, doch Galina konnte ihre dünnen zusammengepressten Lippen, ihr sorgfältig gekämmtes, in der Mitte gescheiteltes Haar und ihren Blick erkennen. Plötzlich fiel ihr auf, dass ihre Mutter auf dem Foto nicht ihre übliche strenge Miene hatte. Sie wirkte erstaunt, als hätte der Fotograf sie überrascht; sie wirkte ängstlich. Galina drehte sich auf die Seite. Die Pfeifgeräusche ihrer Tochter waren zum Verrücktwerden, wie ein summender Mückenschwarm. Genau wie Sergej, der immer wieder in Schnarchen ausbrach. Jetzt lag er auf dem Rücken. Sein Mund stand offen. Er stank nach Zwiebeln und Wodka. Galina vergrub den Kopf unter einem Kissen und schluchzte.

Am nächsten Morgen kam sie zu spät zur Arbeit. Sie wachte rechtzeitig auf, trödelte aber zu Hause herum, um den Moment des Wiedersehens mit Raja hinauszuzögern. Ihr war klar, dass sie deren Geschichten heute nicht ertragen konnte. Galina verabschiedete Sergej zur Arbeit und Tanja zur Schule, ehe sie sich wieder ins Bett legte. Sie lag da, eingewickelt in eine dicke Wolldecke, und dachte an Raja. Sie dachte jetzt anders als vorher. Ihre Gedanken waren voller Hass. Auch vorher hatte sie wohl Unmut oder Neid oder vielleicht sogar Wut verspürt, aber niemals so etwas. Sie lag da und wünschte Raja die schrecklichsten Dinge an den Hals. Sie wünschte, ihr Mann würde von ihrer Affäre erfahren und sie aus dem Haus werfen. Sie stellte sich Mischas langen, linkischen Körper vor, geschüttelt von Schluchzern. Sie stellte sich die blasse, magere Lisa an der Hand ihres Vaters vor, und ihre Versuche, ihn zu trösten. Und sie stellte sich Raja vor, auf Knien in der Tür, bettelnd, um bleiben zu dürfen. Mischa blickte nicht einmal in ihre Richtung, und Lisa schüttelte nur den Kopf. Vielleicht bekäme Mischa ja einen Brief von jemandem, der ihm von der Affäre erzählte, oder einen Anruf. Ein Anruf wäre besser. Irgendwer sollte ihn anrufen. Es wäre so einfach, den Hörer abzunehmen und die Nummer zu wählen ... Galina spürte, wie ihr der kalte Schweiß auf der Stirn ausbrach. Vielleicht war einfach nur eine Erkältung im Anzug. Vielleicht hatte sie Fieber. Sie holte ein kleines Thermometer aus der Nachttischschublade, schüttelte es und steckte es sich unter den Arm. Fünf Minuten später überprüfte sie es und stellte fest, dass ihre Temperatur normal war. Galina stand auf und schleppte sich ins

Badezimmer. Sie drehte das kalte Wasser auf und hielt ihr Gesicht ein paar Sekunden lang unter den Hahn, ehe sie begann, sich für die Arbeit anzuziehen.

Raja saß nicht an ihrem Schreibtisch. Das war das Erste, was Galina beim Betreten der Bibliothek auffiel. Der Schreibtisch wirkte verlassen, mit Rajas kaputten Bleistiften und der rosa Plastiktasse und einem kleinen Familienfoto, aber ohne ihre verstreut herumliegenden Lutscher, die glänzende Handtasche und ihre über die Stuhllehne geworfene Strickjacke. Eine Sekunde lang dachte Galina, dass ihr Wunsch in Erfüllung gegangen wäre, dass irgendetwas Schreckliches passiert wäre, dass Rajas Mann Bescheid wüsste und dass Galina irgendwie daran schuld sei. Dann erfuhr sie von den Frauen in der Bibliothek, mit Raja sei alles in Ordnung, sie habe sich bloß freigenommen, um bei ihrer Tochter zu bleiben. Erst war Galina erleichtert, doch dann mischte sich Enttäuschung in ihre Erleichterung. Raja war nicht bestraft worden. »Sie kommt damit durch«, dachte Galina. »Sie kriegt, was sie will, und kommt damit durch.«

Wenige Tage später war Raja wieder da. Sie wirkte dünner, hatte dunkle Ringe unter den Augen und lächelte weniger. Sie sagte, ihre Tochter habe eine schlimme Erkältung gehabt und die Ärzte hätten auf Lungenentzündung getippt, doch die Diagnose habe sich nicht bestätigt. Dann fügte Raja sachlich hinzu, der Ingenieur sei nach Moskau zurück und ihr sei es gleichgültig. »Wenn man ein krankes Kind hat, kümmern einen solche Dinge nicht.« Galina wusste, dass Raja log. Jedes Mal, wenn das Telefon klingelte, sah sie, wie Raja erstarrte und irgendetwas auf ihrem Schreibtisch fixierte, bis jemand den

Hörer abhob und klar wurde, dass der Anruf nicht für sie war. Raja lachte nicht mehr so viel wie vorher. Sie flirtete nicht mit den Männern – wenn einer zu ihr an den Tisch kam, warf sie ihm einen ähnlich hastigen, beleidigten Blick zu wie die anderen Bibliothekarinnen. »Er hat sie abgeschossen«, dachte Galina, und ihr gefiel der Klang des Wortes. »Abgeschossen, abgeschossen, abgeschossen.« Ein Springseil, das gegen den Boden schrappt. Groll und Hass verebbten. Galina fühlte sich, als hätte sie sich gerade von einer schlimmen, kräftezehrenden Krankheit erholt. Sie konnte wieder frei atmen, sie konnte Raja ansehen, sie konnte wieder mit ihr sprechen.

GALINA STIEG AUS DER STRASSENBAHN aus. Sie wusste nicht, wohin. Sie überlegte, rechts abzubiegen und die baumgesäumte Chkalow-Straße weiterzugehen, und sie machte sogar ein paar Schritte in diese Richtung, doch aus irgendeinem Grund überlegte sie es sich anders und ging weiter die Straßenbahnlinie entlang in Richtung Rathaus. Die Straße führte bergab; es lief sich leichter, und Galina beschleunigte ihren Schritt.

War es möglich, den Beginn dieser frostigen Atmosphäre zwischen ihr und Raja auf einen einzigen Moment zurückzuführen? Jetzt schien es, als ginge ihre Freundschaft nicht geschmeidig bergab, sondern bewege sich ruckend hinunter wie ein rostiger alter Fahrstuhl. Ein Ruck – stopp – noch ein Ruck – stopp.

Der erste Ruck geschah nach dieser lächerlichen Geschichte mit dem Gebet für die Männer. Es waren weder Neuigkeiten noch Briefe von der Front eingetroffen. Anfangs fragten die Mädchen nach, doch dann ließen sie es sein. Sie begriffen, was los war. Sie erwähnten ihre Väter nicht, und wenn doch einmal aus Versehen, verstummten sie sofort und tauschten nervöse Blicke aus, als glaubten sie, das Leben ihrer Väter wäre in diesen Tagen so zerbrechlich, dass alles, selbst das Aussprechen ihrer Namen, es zerstören könne. Auch Galina und Raja erwähnten ihre Männer nicht. Es war ein zu heikles Thema, da waren sie sich einig. Wobei sich Galina fragte, ob der wahre Grund für ihr Schweigen nicht die Angst vor ihrer eigenen Unaufrichtigkeit sei.

Die Gebete waren von den Mädchen angeregt worden. Galina wusste nicht, wer die Idee hatte, ob Tanja oder Lisa. Keine von beiden wusste, wie man betet. Sie waren nie in der Kirche gewesen und hatten zu Hause nie jemanden beten hören. Ihre Bittgesuche klangen eher, als wären sie an den Weihnachtsmann gerichtet: »Guter, lieber Gott, bitte lass meinen Vater nicht sterben.« Ein paar Abende lang beobachteten Galina und Raja die Mädchen bloß. Sie sahen ihnen dabei zu, wie sie ihre kleinen Körper hin und her wiegten und eifrig ihre kindlichen Gebete hauchten. Ihre Augen zeigten irgendwo nach oben, als befände sich dort an Galinas weiß gestrichener Zimmerdecke die Gestalt Gottes, sichtbar nur für sie.

Eines Abends, als die Mädchen zu Bett gegangen waren, schlug Raja Galina vor, ebenfalls zu beten. Dabei wirkte sie verlegen. Sie spielte mit den Fransen des Tischtuchs und mied Galinas Blick. Raja sagte, sie glaube nicht an Gott und wisse nicht, wie man betet, aber vielleicht ginge es ihnen dann besser. Galina zuckte mit den Achseln. Auf den ächzenden Holzdielen sanken sie auf die Knie und verharrten in dieser unbequemen Haltung, ohne dass ihnen etwas einfiel. Raja begann als Erste; sie begann genau wie die Mädchen. »Lieber Gott …« Galina hatte ihre Mutter oft beten hören, und sie war sogar ein-, zweimal mit ihr in der Kirche gewesen, aber sie konnte sich nicht erinnern, was dabei gesagt worden war – bis auf das »Amen«, das ihre Mutter am Ende aussprach, ehe sie sich mit einem Ächzen erhob und sich bekreuzigte. Irgendwie musste Galina die Leere zwischen »Lieber Gott« und »Amen« überbrücken. Sie versuchte, warme Gefühle für ihren Mann heraufzubeschwören, aber stattdessen ertappte sie sich dabei, wie sie ihm die Schuld gab. Es war seine Schuld, fand sie, dass sie in der Stadt geblieben waren. Es war seine Schuld, dass man ihn aus der Partei hinausgeworfen hatte. »Wegen Fehlverhaltens. Jaja, der große Rebell!«, dachte Galina. Sie wusste, dass er einfach nur betrunken auf einer der Parteiversammlungen aufgetaucht war, und zwar nicht zum ersten Mal. Sie dachte daran, wie er ihr ganzes Geld für Wodka ausgegeben hatte. Sie dachte daran, wie er, als er das Geld nicht fand, Gegenstände aus dem Haus genommen und sie auf dem Flohmarkt verkauft hatte. Er hatte Galinas Lieblingslampe verkauft, die mit dem blauen Samtschirm. Sie strengte sich etwas mehr an, um Vergebung zu finden. Sie versuchte, genauso über Sergej zu denken wie Tanja. Tanja, die ihrem Vater immer entgegeneilte, wenn er betrunken nach Hause kam, ihm beim Ausziehen half, ihm über sein verquollenes, reumütiges Gesicht strich; und wenn er ausrutschte und hinfiel, sagte sie: »Macht nichts, Papa, es ist sehr rutschig, wir haben gerade den Boden gewischt.« Wie brachte Tanja es nur fertig, so zu ihm zu sein, wo es das Geld für ihren Mantel war, das er klaute und vertrank? Er würde von der Front wiederkommen und noch mehr Geld klauen, und sie müssten genauso weiterleben wie bisher. War es möglich, dass sie Sergej gar nicht zurückhaben wollte? War es möglich, dass sie ihm den Tod wünschte? Bei dem Gedanken erschrak sie. Ihr Herz schlug ihr im Brustkorb, schmerzhaft, als wäre es aus Stein. Sie wandte sich nach Raja um. Mit tief gebeugtem Kopf kniete sie da. Ihre fest geschlossenen Augenlider zitterten, die aufgesprungenen Lippen bewegten sich eifrig; von Zeit zu Zeit befeuchtete sie sie mit einer raschen Bewegung. Galina beobachtete sie, und sie spürte, dass ihre eigenen Schuldgefühle wichen, um ihrem Groll gegen Raja Platz zu machen: »Sieh an, die treue kleine Ehefrau!«

Am nächsten Abend sagte Galina, ihr sei nicht nach Beten. Also ließen sie es sein. Und bald war es auch mit ihren Erinnerungen aus der Zeit vor dem Krieg vorbei. Da begann Raja, jeden Abend einen Brief an ihren Mann zu schreiben, nur wenige gequälte Zeilen, mit durchgestrichenen Wörtern, überschrieben und wieder durchgestrichen. Oft wandte sie sich um und warf einen Blick in Galinas Richtung, und plötzlich lag Angst in ihrem Gesicht. Doch immerhin redeten sie noch miteinander. Nicht so viel und nicht mehr so entspannt wie früher, aber da herrschte noch nicht das vollkommene Schweigen der letzten Wochen.

Galina spürte etwas Spitzes im rechten Stiefel. Es bewegte sich unter ihrem Fuß und machte sich von Zeit zu Zeit beim Auftreten bemerkbar. Sie hinkte hinüber zu einer Laterne. Dort lehnte sie sich gegen den kalten Betonpfahl, zog ihren Stiefel aus, griff mit der Hand ins feuchtwarme Innere und entfernte einen winzigen scharfen Stein. Es war ein Kieselstein, bestimmt vom Laufen auf den Schienen. Sie zog sich den Stiefel wieder an und bewegte ihre taub gewordenen Zehen.

Sie wusste, warum sie aufgehört hatten zu reden. Es war wegen Rajas Ohrringen. Galina schloss die Augen und sah sie wieder vor sich. So etwas Schönes hatte sie noch nie gesehen. Kleine längliche Türkise wie große Regentropfen an dünnen goldenen Fäden mit winzigen geschwungenen Blütenblättern. Früher trug Raja sie jeden Tag, sogar zu Kleidern, die nicht zu dem exquisiten Blau passten. Sie behauptete, ohne die Ohrringe wirke sie nackt. »Und hässlich und alt«, hatte sie lachend hinzugefügt. An jenem Abend, als sie und Lisa mit dem Bauern die Stadt hätten verlassen sollen, nahm sie sie ab. Und es stimmte, dass Rajas Gesicht ohne sie nackt und farblos wirkte. Ohne die Ohrringe, so stellte Galina fest, hatte Rajas blasse Haut einen Graustich, und ihre Ohren wirkten zu groß für ihr Gesicht. Galina fragte sich, was mit den Ohrringen wohl passiert sei – hatte Raja sie irgendwo versteckt, oder waren sie noch in ihrem Besitz? Und dann kam der Tag, an dem sie wieder auftauchten.

Es war ein paar Tage nach ihrem misslungenen Gebet. Raja kam mit einem kleinen Bündel aus dem hinteren Zimmer, etwas Grauem und Flauschigem. Es lag in ihrer Handfläche wie ein junger Vogel. Als sie näher kam, sah Galina, dass es gar kein Bündel, sondern ein alter Wollhandschuh war. Raja griff hinein und zog eine verblichene Streichholzschachtel heraus. Galina ahnte schon, was sich darin befand, noch ehe Raja sie geöffnet hatte, aber dennoch war es ein Schock, die Ohrringe in all ihrer Pracht in der schäbigen Pappschachtel liegen zu sehen. Galina sah, dass es auch für Raja ein Schock war. Ein paar Sekunden lang starrten sie auf die Ohrringe, ehe Raja die Lippen zu einem Lächeln verzog: »Ich dachte, du könntest sie vielleicht gegen Milch eintauschen. Oder Sahne? Lisas Husten ist in letzter Zeit ziemlich schlimm.« Sie berührte die Ohrringe, wobei sie mit ihren durchscheinenden Fingern über die dünnen Adern des Türkis fuhr. »Es ist heller Türkis und Gold – sie waren mal teuer.«

Also ging Galina damit zu dem kleinen Markt ihrer Stadt. Sie nahm sie mit, wie sie waren, in der Streichholzschachtel, die in dem Handschuh steckte. Sie drängte sich vorbei an Bäuerinnen in langen, dicken Röcken und grauen Tüchern. Sie hielten Eier in der Hand, an denen vertrockneter Hühnerkot klebte, grobe graue Laiber Brot und verschrumpelte Kartoffeln. Sie hatten glatte Gesichter und listige kleine Augen. Und es gab reihenweise Frauen in Stadtkleidern mit kläglichen Schmuckstücken, die von blassen Fingern baumelten. Ohrringe, billige Halsketten, schmale Trauringe, Männeruhren. Diese Frauen hatten lange Gesichter und blickten verzweifelt, flehend. Galina eilte an ihnen vorbei bis ans Ende der Reihe, wo sie oft eine Bäuerin gesehen hatte, die Milch zum Verkauf anbot. Da war sie, eine kleine Frau mit dickem, fettglänzendem Gesicht unter einem schmutzigen Kopftuch. Vor ihr standen zwei große Milchkannen aus Aluminium, und in der Hand hatte sie einen mit Stoff bedeckten Tontopf. »Sahne«, sagte die Frau zu Galina in vertraulichem Flüsterton. Galina betrachtete die Hände der Frau; sie trug abgeschnittene Wollhandschuhe, und ihre Finger waren dick und rot und hatten Schmutz unter den Nägeln. Galina stellte sich Rajas Ohrringe in diesen Händen vor und wie die Frau versuchen würde, sie mit ihren geschwollenen Fingern zu befestigen. Dann stellte sie sich vor, wie die Ohrringe an ihren Goldfäden vor den fettglänzenden Wangen der Frau hin und her baumeln würden. Ihr war klar, dass die Frau die Ohrringe kaum selbst tragen würde; wahrscheinlich würde sie auf bessere Zeiten warten und sie verkaufen. Dennoch hatte Galina das Gefühl, sie würde es nicht einmal für den Moment der Transaktion ertragen, die Ohrringe in den Händen der Frau zu sehen. Sie griff in ihre Manteltasche und schob den Handschuh mit den Ohrringen tiefer hinein. Sie tauschte den Topf Sahne gegen ein Stück Seife aus ihrer anderen Tasche ein.

Auf dem Rückweg vom Markt wusste Galina, dass sie Raja von den Ohrringen nichts erzählen würde. Sie würde ihr sagen, sie habe sie verkauft. Sie würde nach Haus kommen und sie in ihrer Schublade zwischen dem Flanellbettzeug verstecken. Eine Frau auf dem Markt bot einen Spiegel zum Verkauf. Galina blieb stehen, öffnete rasch das Bündel und hielt sich die Ohrringe an die Ohren. Sie hatte es so eilig, sie wieder einzupacken, dass sie nur einen kurzen Blick auf ihr Spiegelbild erhaschte, auf ihr Gesicht, durch zwei hellblaue Punkte zum Strahlen gebracht. Auf dem Heimweg sagte sich Galina, dass sie gar nichts falsch gemacht habe. Immerhin aßen ihr Raja und Lisa die Vorräte weg. Und wohnten in ihrem Haus. Und sie hatte die Sahne mit ihrem Stück Seife bezahlt. Die Ohrringe waren ein geringer Preis. Sie hatte Anspruch darauf. Auf dem Heimweg betastete Galina ununterbrochen das Bündel. Jedes Mal, wenn sie die weiche, flauschige Oberfläche des Handschuhs und den festen Rand der Streichholzschachtel berührte, durchlief sie ein Schauer, das prickelnde Gefühl, mit etwas davongekommen zu sein.

Ihre Hochstimmung schwand, sobald sie Rajas Gesicht sah. Sobald sie erkannte, dass Raja Bescheid wusste. Raja eilte auf das Töpfchen Sahne zu, überschüttete Galina mit Lob und wiederholte, diese Sahne werde Lisa das Leben retten, und sie stellte eine so übertriebene Dankbarkeit zur Schau, dass Galina der Kopf schwirrte. Rajas Verhalten war aus zwei Strängen geflochten, widersprüchlich und ekelerregend. Mit dem ersten wollte sie zeigen, dass sie niemals, nicht einmal einen Augenblick lang, annehmen würde, Galina hätte die Ohrringe nicht verkauft. Mit dem zweiten wollte sie zeigen, dass sie nichts dagegen hätte, sollte Galina tatsächlich die Ohrringe an sich genommen haben; im Gegenteil, sie war sogar froh, dass Galina es vielleicht getan hatte, es war ja Galinas gutes Recht, Galina setzte ihr Leben aufs Spiel, und die Ohrringe waren ein so geringer Preis. Unter einem Vorwand ging Galina in die Küche. Mit zitternden Händen begann sie, die Töpfe zu schrubben, die seit Monaten nicht in Gebrauch waren. Wenn Raja doch nur ein Mal den Mund halten könnte!

Später an diesem Tag ging Galina etwas auf. Sie war dabei, als Raja versuchte, Lisa die aufgewärmte Sahne einzuflößen. »Bitte, Liebling, bitte, danach geht es dir besser.« Löffel für Löffel schluckte Lisa sie widerwillig hinunter. Einmal verschluckte sie sich und fing an zu husten, und Raja klopfte ihr auf den Rücken, während sie einen angespannten Blick in Galinas Richtung warf. Sie wollte, dass Galina die Ohrringe bekam! Vielleicht hatte sie sich das Ganze nur ausgedacht – hatte sich die ganze Geschichte mit der Milch für Lisa nur ausgedacht –, um Galina dazu zu bringen, die Ohrringe zu nehmen. Galina spürte eine schwere, kalte Welle der Übelkeit. Sie musste sich an den Türrahmen klammern, um nicht das Gleichgewicht zu verlieren. Raja wollte sie bestechen. Galina ging zurück in die Küche und sank auf das niedrige Höckerchen. Sie wollte sie bestechen! Warum? Weil sie Angst hatte, Galina würde sie bitten zu gehen? Oder noch schlimmer, weil sie Angst hatte, Galina würde in die Stadt laufen und den Deutschen sagen, es seien Juden in ihrem Haus? Nein, das war lächerlich, die Deutschen würden sie und Tanja umbringen, sobald sie erfuhren, dass sie Juden Unterschlupf bot. Oder etwa nicht? Sie könnte immer noch sagen, sie hätten sich anderswo versteckt und seien nur zu ihr nach Hause gekommen, um Unterschlupf oder Essen zu erbetteln, und sie sei sofort losgelaufen, um es zu melden. Niemand würde ein Interesse daran haben, die Wahrheit herauszufinden, und Raja würde man ohnehin nicht zuhören. Bei diesem Gedanken erschrak Galina. Was war los? Bemühte sie sich wirklich nur, Rajas Gedankengänge nachzuvollziehen, oder überlegte sie ernsthaft, zu den Deutschen hinzugehen? Sie nahm den kalten Teekessel vom Herd und begann, direkt aus dem rissigen Blechschnabel gierig zu trinken. Das Wasser strömte ihr übers Kinn und den Hals hinunter, und sie bekam davon eine Gänsehaut.

AN DER KREUZUNG machten die Straßenbahnschienen eine scharfe Kurve. Es war das erste Mal seit Beginn der Besatzung, dass Galina so weit in die Innenstadt vordrang. Seit sie das Haus verlassen hatte, war es dunkler geworden; bald würde sie umdrehen müssen, um rechtzeitig vor der Ausgangssperre zu Hause zu sein. Sie könnte aber auch noch die letzten zwei, drei Straßen zum Rathaus laufen. Immer wenn sie in letzter Zeit auf den Markt ging, der auf dem Weg in die Innenstadt lag, zog es sie in Richtung Rathaus. Warum, war ihr ein Rätsel. Galina hatte keinerlei Bedürfnis, die Deutschen zu sehen. Sie verachtete all die Frauen, die in den ersten Tagen der Besatzung in die Innenstadt gelaufen waren, um sich die Deutschen anzuschauen. Sie schlugen sogar deutsche Wörter im Wörterbuch nach, um sich vorstellen zu können. In der Bibliothek sah Galina, wie ein Mädchen, die sommersprossige Mascha, über einem Lehrbuch saß und vor sich hin sprach: »Ich heiße Mascha«, und ihre schmalen Lippen formten sich bei dem Wort »ich« zu einem eigenartigen Rund.

Galina fragte sich, wie viel Deutsch sie noch konnte. Sie hatte in der Schule gute Noten gehabt, aber es war über zehn Jahre her, seit sie ein Deutschbuch in der Hand gehabt hatte. *»Das ist ein Tisch.«* – *»Das Wetter ist schön.«* Eigenartig, wie diese Ausdrücke, die so lange in ihrem Gedächtnis vergraben waren, auf einmal wieder zu Tage traten. Galina unternahm noch einen Versuch. *»Gretchen geht in die Schule.«* Sie lächelte. Deutsche Vokabeln rollten ihr auf der Zunge herum wie Lutschbonbons. Sie versuchte, ein paar der Ausdrücke auf sich selbst anzuwenden. *»Ich heiße Galina«*; *»Galina geht in die Schule.«* Sie fragte sich, ob sie dabei auch so einen komischen Mund machte wie Mascha. Wie erkundigte man sich noch gleich nach dem Befinden? »Ich geht …« Nein, nein. »*Wie geht es Ihnen?*« So ähnlich.

Galina dachte nicht mehr an ihre müden, schmerzenden Beine. Raschen Schrittes ging sie auf den hell erleuchteten Rathausplatz zu. Dabei fielen ihr plötzlich lauter deutsche Wörter ein, die sich zu Sätzen und ganzen Gesprächen zusammenfügten.

Hallo. Wie geht es Ihnen?
Danke, gut. Und Ihnen?
Danke, auch gut. *Ich heiße Galina.* Es sind Juden in meinem Haus.

GALINAS HERZ SETZTE AUS, dann schlug es ihr auf einmal bis zum Hals. Sie nahm das Kopftuch ab und öffnete ihre Jacke. Es sind Juden in meinem Haus. Es sind Juden in meinem Haus. Es sind Juden in meinem Haus. Es war, als klebten ihr die Worte an den Lippen. Sie brannten, versengten ihr Mundraum und Rachen. Sie wollte diese Worte nicht wirklich aussprechen. Das konnte sie nicht. Und wenn doch? Galina erkannte, dass sie den Rathausplatz fast erreicht hatte. Sie sah die Lichter, die aus dem heruntergekommenen Backsteingebäude des ehemaligen Rathauses drangen. Sie sah die Fahrzeuge der Deutschen. Sie hörte das Surren der Motoren. Nur noch wenige Schritte, und sie könnte echtes Deutsch hören, nicht nur Übungssätze aus einem Lehrbuch.

Galina wandte sich um und begann, in die umgekehrte Richtung zu laufen. Sie lief sehr schnell, als wären die Deutschen hinter ihr her, und ihr weißes Kopftuch strömte hinter ihr im Wind wie eine Fahne. So etwas konnte sie nicht wirklich wollen. Das war doch gar nicht möglich. Es war alles nur wegen Raja! Raja hatte sie dazu gedrängt. Raja war misstrauisch und undankbar. Raja hätte niemals für Galina das getan, was Galina für Raja tat. Galina war ein guter Mensch. Sie setzte ihr Leben und das Leben ihrer Tochter aufs Spiel, um Raja und Lisa zu retten. Galina spürte, dass sie nicht mehr laufen konnte, und schnappte nach Luft. Aus irgendeinem Grund rief ein Satz wie »sein Leben aufs Spiel setzen« keine Regung in ihr hervor. Sie kam sich in keiner Weise heldenhaft vor. Vielleicht lag es daran, dass sie keine Angst hatte. Sie wusste, wie gefährlich es war, Juden in seinem Haus zu verstecken; sie wusste, dass Krieg war und dass Menschen in besetzten Städten wegen geringerer Vergehen umgebracht wurden; aber irgendetwas hinderte sie daran, sich vorzustellen, dass sie oder Tanja getötet oder auch nur verletzt werden könnten. Und sie war nicht imstande, etwas zu fürchten, was sie sich nicht vor Augen führen konnte. Sie wünschte, es wäre anders.

DAS TREPPENHAUS war stockdunkel, und Galina musste sich an der Wand entlangtasten, um ihre Wohnungstür zu finden. Sie hoffte inständig, dass Raja nicht aus ihrem Zimmer kommen würde. Sobald Raja Galinas Gesicht sah, würde sie ihre Gedanken erraten, genauso wie sie mit den Ohrringen Bescheid gewusst hatte. Sie wüsste Bescheid über »*Es sind Juden in meinem Haus*«. Galina klopfte viermal gegen den hölzernen Türrahmen, ehe sie mit ihrem Schlüssel die Tür aufschloss. Raja hatte Galina darum gebeten.

In der Wohnung war es sehr still. Es war niemand im Zimmer, bis auf Tanja, die am Tisch saß und mit der Puppe spielte. Die Tür zum hinteren Zimmer war zu. »Sie schlafen«, dachte Galina erleichtert und ging zum Waschbecken, um sich den Schlamm von den Stiefeln zu waschen. Erst als sie aus dem Badezimmer kam, bemerkte Galina Tanjas starren, ausdruckslosen Blick und dass sie die Puppe, anstatt mit ihr zu spielen, bloß in beiden Händen hielt, und zwar falsch herum. »Warum bist du nicht im Bett? Schlafen die beiden schon?«, fragte Galina. Tanja schüttelte den Kopf. »Sie sind weg«, sagte sie. Galina ging zum Tisch, die tröpfelnden Stiefel noch immer mit beiden Händen umklammert. Unsinnige, törichte Fragen brachen aus ihr hervor: »Was soll das heißen, ›weg‹? Wohin? Wann sind sie weg? Warum ist die Puppe bei dir? Haben sie irgendetwas gesagt?« Dann hörte sie sich schreien: »Was soll das heißen, ›weg‹?!« Tanja ging hinüber zu ihrem Bett und begann sich auszuziehen. Sie sprach mit seltsamer, erschöpfter Stimme: »Gleich nachdem du weg warst, haben sie sich angezogen und sind gegangen. Lisa sagte, die Puppe brauche sie nicht mehr.« Tanja stockte. »Was meinte sie damit? Was hat Tante Raja gesagt? Hat Raja irgendetwas gesagt? Warum braucht Lisa die Puppe nicht mehr?«

In ihrer weißen Unterhose und dem weißen Unterhemd stand Tanja neben dem Bett und faltete wortlos ihre Sachen zusammen. Dann legte sie ihr Kleid auf einen Stuhl, darüber die gerippten braunen Strumpfhosen, und löschte das Licht.

Galina ließ sich im Dunkeln auf einen Stuhl fallen, saß da und lauschte dem Knarzen von Tanjas Bett, in das sie sich legte, und dem Rascheln des Bettzeugs und Tanjas gedehntem, ersticktem Schluchzen – sie hatte sich wohl das Kissen über den Kopf gezogen –, und dann ihren Atemzügen, die allmählich sanfter und ruhiger wurden. Galina dachte an die Fragen, die Tanja immer wieder gestellt hatte, ehe Raja und Lisa zu ihnen gezogen waren. »Wie werden die Juden gefangen? Werden sie gejagt? Mit einem Seil? Tut das weh, wenn sie verbrannt werden? Werden sie dann ganz schwarz und zerfurcht, wie verbranntes Holz? Tut das sehr weh?«

Galina erhob sich und schlich auf Zehenspitzen hinüber zu Tanjas Bett. Sanft hob Galina ihren Kopf und bettete ihn auf das Kopfkissen. Sie betrachtete Tanjas Schultern – starke, gebräunte Schultern, ihren eigenen so ähnlich. Galina betrachtete die runde weiße Narbe an Tanjas Oberarm, gleich unterhalb der Schulter. Sie streckte die Hand aus und streichelte unbeholfen ihre Tochter. Tanja zuckte im Schlaf zusammen und zog die Schulter unter ihre Decke. Galina wandte sich auf Zehenspitzen vom Bett ab. Sie stolperte über etwas neben dem Tisch. Etwas, bei dem ihr das Herz gefror. Etwas Kaltes, sowohl hart als auch weich, mit Haaren. »Ein totes Kind«, schoss es Galina durch den Kopf. Sie rang nach Luft, sie konnte nicht zu Boden schauen, konnte den Fuß nicht bewegen.

Dann blickte sie hinunter und erkannte den Umriss von Lisas Puppe, in der Dunkelheit kaum zu sehen.

Owrashkis Züge

ALS ICH FÜNF WAR, verbrachten wir den Sommer in einem Dorf mit dem lustigen Namen Owrashki, zwanzig Kilometer von Moskau. Wir mieteten zwei winzige Zimmer in einem großen grünen Haus mit geschnitzten weißen Fensterläden, von denen ich immer sagte: »Unser Haus hat Fenster mit weißer Spitze.« Das Haus stand ungefähr fünfzehn Meter vom Bahnhof, und die Adresse lautete Bahnhofstraße 1. Jeder, der nach Owrashki kam, musste daran vorbei.

Wir schliefen in einem schmalen Zimmer, wo die einzigen Möbel aus vier gleichen Betten für mich, meine Mutter, meine Großmutter und meinen Großvater bestanden. Vor dem einzigen Fenster wuchs ein Fliederbusch, der den Mond nicht ins Zimmer scheinen ließ, und das Haus war nachts sehr dunkel. Oft wurde ich von den vorbeifahrenden Zügen wach. Einmal jede Nacht fuhr ein schwerer Güterzug mit unheimlichem Grummeln an unserem Haus vorbei. Die Züge kamen nur langsam von der Stelle, und sie brauchten ewig durch Owrashki hindurch. Ich hörte die Gleise ächzen und malte mir aus, wie sie immer tiefer in den Boden sackten und am Ende zerbrachen, und wie die Waggons dann in unser Haus krachten. Ich glaubte mich gerettet, wenn ich mich nur ganz fest an mein Bett klammerte. Ich lag da und umschlang mit immer feuchteren Fingern das Bettgestell, bis die Zuggeräusche leiser wurden, und noch lange danach schlug mir das Herz bis zum Hals und ich konnte nicht einschlafen. Aber die leichten Vorortzüge, die nachts mit Pfeifsignal und fröhlichem Rattern vorbeifuhren, die liebte ich. Das Haus wurde sanft geschüttelt, und die Eisenknäufe an unseren Bettgestellen klingelten wie kleine Glöckchen, und in der Küche klapperte das Geschirr. Manchmal nahm ich einen Aluminiumlöffel mit ins Zimmer, legte ihn auf den Holzfußboden und beobachtete, wie er mit jedem vorbeifahrenden Zug wackelte und klimperte. Ich hatte die Vorstellung, mein Vater würde mit einem dieser Vorortzüge nach Hause kommen. Er war lange auf Dienstreise im Ausland gewesen. So lange sogar, dass ich mich weder an sein Gesicht noch an seine Stimme erinnern konnte. Niemand kannte den genauen Tag, an dem er nach Hause kommen würde, weder meine Mutter noch meine Großmutter. Aber irgendwie war ich mir sicher, dass er diesen Sommer nach Hause käme. Erst würde er auf einem großen weißen Schiff mit roter Fahne und blauen Buchstaben in eine Hafenstadt fahren (ich hatte ein Bild von ihm auf so einem Schiff gesehen). Dann würde er nach Moskau fliegen. Dann würde er in einen Zug steigen und nach Owrashki kommen. Aber nicht nachts. Ich war überzeugt, dass er abends mit den Pendlern eintreffen würde.

Die Tage in Owrashki schienen alle gleich. Ich musste so viel Zeit wie möglich draußen verbringen, um reichlich frische Luft zu bekommen und in den Wintermonaten davon zehren zu können. Die Morgen verbrachten wir meist am Strand. Der Strand von Owrashki bestand aus einem schmalen Streifen Tonerde mit kleinen Rasenflecken, der den winzigen braunen See von der Straße trennte. Wenn ich nicht gerade eine Erkältung hatte oder dabei war, mir eine Erkältung zu holen, durfte ich im Wasser planschen. Ansonsten saß ich einfach nur auf einem dünnen, durchgewetzten Stück Stoff, aus einem alten Bettlaken geschnitten, knabberte eine Mohrrübe oder einen Apfel und sah den anderen Kindern beim Planschen im Wasser zu. Zwischen zehn und zwölf Uhr mittags kamen die Überlandzüge an Owrashki vorbei. Die Gleise lagen nur wenige Meter vom Strand entfernt, und erschöpft wirkende Reisende steckten die Köpfe aus den Zugfenstern. Manche lagen in den oberen Betten, andere saßen an Tischen, und ich konnte Teegläser mit metallenen Glashaltern und hartgekochte Eier in ihren Händen erkennen. Ich hätte so gern in einem dieser Züge gesessen. Ich träumte nicht so sehr davon, in unbekannte neue Gegenden zu fahren; ich wollte einfach nur auf einer harten Liege aus Glanzleder liegen und heißen starken Tee aus einem Glas mit metallenem Glashalter trinken.

»Wink doch mal«, drängte mich meine Mutter. »Die Leute da fahren bis nach Sibirien. Die sind bestimmt müde und langweilen sich.« Ich winkte, bis mir das Handgelenk wehtat. Manche lächelten und winkten zurück.

Wenn wir vom Strand nach Hause kamen, spielte ich den Rest des Tages im Garten. Das Haus war groß und stabil. Unser Vermieter, Pjotr Ignatjewitsch, war ebenfalls groß und stabil. Er und seine Frau bewohnten den größten Teil des Hauses, und der Rest gehörte seinen beiden Brüdern und deren Familien. Der Garten war weitläufig und dunkel, mit Flieder- und Jasminbüschen, alten Apfelbäumen und Gemüsebeeten voller Unkraut. Allein zu spielen wurde mir nie langweilig. Der Fliederbusch war mein Schloss, wo ich lange Jahre mit Sticken verbrachte (Blätter mit einem Stock durchlöchern), während ich auf einen Prinzen wartete, der vorbeikommen und mich heiraten würde. Der Erdhügel unter der Veranda war meine Küche, oder mein Tante-Emma-Laden, wo ich meinen Puppen Matschbällchen verkaufte. Die rostige Gartenlaube, umrankt von wildem Wein, war mein Hochhaus, wo ich mit meinem verkrüppelten saufenden Ehemann und dreizehn Söhnen wohnte und ihre Wutanfälle ertragen musste. Manchmal diente die Laube auch als Fernsehstudio, und ich moderierte eine Sendung.

Gegen sechs Uhr abends ließ ich alles stehen und liegen und rannte zum Zaun, um die Moskauer Züge in Empfang zu nehmen. Unser dunkelgrüner Zaun war der größte und stabilste im ganzen Dorf. Die Bretter standen Seite an Seite, doch zwischen dem Gemüsebeet meiner Familie und dem hölzernen Plumpsklo gab es eine Stelle, wo man durch eine Ritze zwischen den Brettern auf die Straße sehen konnte. Ich wusste, dass es kurz vor sechs war, wenn Pjotr Ignatjewitsch von der Arbeit nach Hause kam. Er fuhr bis vors Tor, sprang behände vom Fahrrad und schob es in die Scheune. Dann wischte er sich den Schweiß von seinem roten, runzligen Gesicht und ging langsam ins Haus, wobei er mich mit ernster Miene begrüßte, ohne zu lächeln. Immer trug er seine Arbeitskleidung: weiche graue Hosen und Jacke. Sobald er in seinem Teil des Hauses verschwunden war, eilte ich zum Zaun. Ich bahnte mir einen Weg zwischen den beiden Apfelbäumen hindurch, wobei ich die kleinen harten Äpfel unter meinen Füßen spürte, dann musste ich über die Reihen mit unserem Salat und den Mohrrüben (vorsichtig, um nichts zu zerdrücken) und über den Haufen Brennholz hinwegsteigen, ehe ich endlich meinen Wachtposten erreichte.

Am Zaun kletterte ich über einen Baumstamm und setzte mich, grub anschließend Löcher oder spielte mit einer Raupe, bis ich einen Zug hörte. Wenn das Pfeifsignal ertönte, gefolgt vom Rattern von links, dann wusste ich, dass es sich um einen Zug in Richtung Moskau handelte, und ich drehte mich nie danach um. Doch wenn dasselbe von rechts kam, stellte ich mich sofort auf den Baumstamm und steckte das Gesicht durch die dicken, unebenen Bretter des Zauns.

Sobald das Rattern langsamer wurde, hörte ich, wie die Bremsen quietschten und mit einem langen lauten Seufzer die Türen aufgingen. Wenige Sekunden später tauchten die ersten Reisenden auf der Straße auf und steuerten eilig auf ihre Häuser zu. Meist waren es jüngere Männer, die schnell vorankamen, weil sie kein Gepäck hatten. Die meisten trugen dreckige Turnschuhe, dunkle Hosen und weiße Nylonhemden. Ihre Haare wehten im Wind, und sie blickten geradeaus, niemals hinunter auf die Straße oder seitwärts auf die Häuser, an denen sie vorbeikamen. Wenige Minuten später folgten die Leute mit Gepäck. Müde, verschwitzt, in zerknitterter Kleidung stapften diese Männer und Frauen die Straße hinunter und auf ihre Häuser zu. Die Frauen hatten geschwollene Fußgelenke mit Riemchen, die sich tief ins Fleisch schnitten; die Männer hatten große nasse Flecken auf dem Hemdrücken. Diese Gruppe blickte immer starr auf ihre Füße, als ob ihre Augen schwer wären von der Last der zahllosen Beutel mit Lebensmitteln, die sie schleppen mussten. Sie hatten Wassermelonen, dunkel gewordenen Kohl, röhrenförmige Würste, leckende Milchtüten, Mineralwasserflaschen, Kuchen in knittrigen Schachteln, aber vor allem Hühner dabei. Ich hatte Angst vor diesen Hühnern mit ihren gelben Füßen, die aus den Einkaufsnetzen baumelten, und den schlackernden bläulichen Köpfen mit den toten Augen, aber ich konnte mich nicht wegdrehen, denn ich durfte ja meinen Vater nicht verpassen. Ich wartete, bis sämtliche Reisende weg waren, und selbst dann verließ ich meinen Posten nicht, denn manchmal kamen noch zwei oder drei Nachzügler, die nicht so schnell laufen konnten wie die anderen. Sie schleppten sich mühsam die Straße hinunter und blieben häufig stehen, um zu verschnaufen.

Nachdem der letzte Reisende vorbeigekommen war, sprang ich von meinem Baumstamm hinunter. Ich musste wieder anfangen, in der Erde zu graben oder mit einer Raupe zu spielen, bis der nächste Zug eintraf. Meist wurde ich dabei nicht gestört. Meine Mutter hatte sich ins Zimmer zurückgezogen, über ihre Schreibmaschine gebeugt, versteckt hinter einem Berg Papier. Meine Großmutter war entweder in der Küche und kochte das Abendessen oder saß in ein Buch vertieft auf der Veranda.

Wenn sie zum Lesen den Kopf nach vorn beugte, fiel ihr der lange weiße Pony ins Gesicht.

Nur auf dem Weg zum Plumpsklo kam mal jemand an mir vorbei. Ich fand nichts dabei, auf meinen Vater zu warten, aber ich wollte nicht, dass jemand etwas davon erfuhr. Ich musste so tun, als wäre ich mit dem Gemüsebeet beschäftigt. Sobald ich sah, dass sich jemand näherte, hockte ich mich neben das Beet und tat, als würde ich Unkraut jäten. Ich verabscheute das Jäten, denn jedes Mal, wenn ich ein einzelnes Unkraut herauszog, hing eine ganze Schnur gutes Gemüse mit dran.

Wenn Pjotr Ignatjewitsch vorbeikam, zog ich den Kopf ein und hoffte, er würde mich nicht sehen. Er machte mir immer ein schlechtes Gewissen, indem er mich für das Unkrautjäten lobte, wo ich doch nichts dergleichen tat. Auch seiner Frau, Nina Iwanowna, versuchte ich aus dem Weg zu gehen. Ich zog so tief den Kopf ein, dass mich die zarten grünen Spitzen der Mohrrüben an der Nase kitzelten, und ich roch den Duft von frischer Erde, Dill und Petersilie. Nina Iwanowna war dick und klein. Immer wenn sie zur Toilette eilte, hüpften ihre großen Brüste, die aus ihren engen, tief ausgeschnittenen Kleidern schauten, wie zwei Fußbälle auf und ab, und die Haut ihres Dekolletés war ölig und gelb. Einmal fragte ich sie, warum ihre Brüste so gelb seien, und sie bekam einen Lachanfall. Immer wieder erzählte sie allen möglichen Leuten davon. »Na, das ist ja ein schlaues Mädchen! Interessiert sich schon für Brüste!« Jedes Mal, wenn Nina Iwanowna an mir vorbeikam, zwinkerte sie mir zu und fragte: »Na, was meinst du, warum sind wohl meine Brüste so gelb?«

Bei schönem Wetter nahm ich alle sechs Abendzüge in Empfang. An regnerischen Abenden musste ich im Haus bleiben. Ich machte mir keine Sorgen, dass ich meinen Vater verpassen könnte. Ich war überzeugt, die Züge würden bei schlechtem Wetter nicht fahren, weil die Zuggeräusche im Regen, der aufs Blechdach und gegen unser einziges Fenster trommelte, untergingen.

Während es draußen in Strömen goss, hielten wir uns alle in unseren Betten auf. Jeder machte es sich mit einem Buch bequem. Mein Großvater lag auf dem Rücken und las die Memoiren eines der russischen Revolutionäre. Er trug ein Unterhemd und dunkle Hosen mit gestreiften Hosenträgern. Beim Lesen gab er Grunz- und Pfeifgeräusche von sich, wenn er an dem Buch etwas auszusetzen hatte. Nach einer Weile begann ihm der schwere Band auf die behaarte Brust zu rutschen, und bald darauf hörten wir sein wütendes Schnarchen, als würde er noch immer mit dem Autor streiten. Meine Großmutter lag ruhig auf der Seite mit einem Roman. Meine Mutter saß aufrecht im Bett, über eines ihrer wissenschaftlichen Bücher gebeugt. Jedes Mal, wenn ich mich zu ihr wandte, sah ich ihren gebeugten Rücken unter dem alten dunkelblauen Pullover, den sie jeden Tag trug, während sie grimmig eine Stelle unterstrich oder sich einen Vermerk in das Buch machte. Ich fand es sehr ungerecht, dass sie in die Bücher kritzeln durfte, während ich für dieselbe Sache bestraft wurde. Ich musste ein altes Bilderbuch durchblättern und warten, bis der Regen aufhörte. Ich wartete, bis das Brausen des Wassers auf dem Dach nachließ und nur noch einzelne Tropfen zu hören waren. Dann durfte ich hinaus.

Ich zog meine alten Gummistiefel an, die an den Zehen ein bisschen eng waren, und meinen glänzenden, leuchtend blauen Regenmantel. Platschend sprang ich die Stufen hinunter und rannte in den Garten, der nach Jasmin und Regen duftete. Ich sprang im Matsch zwischen den Gemüsebeeten umher, und als ich über sie hinwegstieg, strich ich mit den nackten Waden an nassen Salatblättern vorbei. Der Stamm, auf dem ich gerne stand, war rutschig, und ich musste mich an den dunkel gewordenen Brettern des Zauns festhalten.

Die Zugreisenden gingen nach dem Regen schneller und fluchten, wenn sie in eine Pfütze traten. Ihre Taschen waren durchweicht, und sogar die Leute selbst wirkten durchweicht. Die jungen Männer zitterten in ihren leichten Hemden.

Ich war mir sicher, dass ich meinen Vater sofort erkennen würde. Ich malte mir aus, er würde einen dunkelblauen Anzug tragen und ein weißes Hemd mit Krawatte. In Moskau hatte ich einmal mitbekommen, wie meine Mutter über ihn sagte: »Zu der Konferenz trug David einen dunkelblauen Anzug mit weißem Hemd. Ich konnte nicht widerstehen und musste ihm die Haare verwuscheln, bevor er ging.« Sie gebrauchte das Wort »verwegen«, um ihn zu beschreiben. Damals dachte ich, »verwegen« bedeute »sehr schlau«. In unserer Moskauer Wohnung stand ein kleines Schwarz-Weiß-Foto meines Vaters in einem schlichten Rahmen auf dem obersten Fach des Bücherschranks meiner Mutter, zusammen mit ein paar anderen Gegenständen, die ihm gehörten. Ich durfte nichts davon anfassen, aber wenn keiner zu Hause war, hielt ich mich nicht daran. Ich holte mir mein kleines Holzstühlchen, schob es dicht neben den schwarzen Schreibtisch meiner Mutter und kletterte hinauf. Ich musste vorsichtig sein, denn die polierte Oberfläche war rutschig; einmal war ich ausgeglitten und hingefallen. Vom Schreibtisch aus griff ich nach dem obersten Regalbrett, öffnete vorsichtig die gläsernen Schiebetüren und holte Stück für Stück die verbotenen Gegenstände hervor. Links lag fein säuberlich ein Stapel Bücher, die mein Vater geschrieben hatte. Ich wusste, dass er das Meer erforschte. Es war ungefähr das einzige, was man mir über meinen Vater erzählt hatte. Ich hätte gedacht, man fände in seinen Büchern viele Hochglanzbilder von Wasser, hohen Wellen und Meeresgetier, aber es gab nichts als Formeln, Diagramme und sehr kleine Buchstaben. Nur die Umschläge waren hübsch: dunkelblau, mit großen, goldfarbenen Buchstaben.

Dann waren da noch zwei große Muscheln. Ich hielt sie mir an die Ohren und drückte so fest zu, dass es wehtat, aber ich hörte überhaupt nichts. Vielleicht war da mal das Meer drin, dachte ich, bevor es ausgelaufen war. Ich fand auch ein kleines Stoffhäschen. Ich hatte keine Ahnung, was es da zu suchen hatte. Wahrscheinlich war es ein Spielzeug, das mein Vater für mich aufbewahren wollte. Ich wusste, dass meine Mutter im Voraus Spielsachen für mich kaufte und aufbewahrte, bis ich Geburtstag hatte. Das Häschen war grau, mit einer rosafarbenen Nase und leuchtend roten Augen. Sein Fell wirkte alt und zerzaust. Mitleidig strich ich dem Häschen über den Rücken; es tat mir Leid. Der verbotenste Gegenstand steckte in einem gerippten Lederetui und lag ganz hinten in der Ecke des Regals. Ich holte es nur ein einziges Mal heraus. Ich pustete den Staub ab, öffnete den Verschluss und spähte vorsichtig hinein. Darin befand sich etwas Glattes, Rundes mit spiralförmiger Klinge und säuberlich zusammengefaltetem Kabel: ein elektrischer Rasierer, vermutete ich, obwohl er keine Ähnlichkeit mit dem Rasierer meines Bruders oder meines Großvaters hatte. Ich zog ihn aus seinem Etui und hielt ihn fest, während ich zu Boden sprang, dann ging ich hinüber zur Steckdose. Das, was ich vorhatte, war so unheimlich, dass ich mir immer wieder die Lippen befeuchten musste. Langsam bewegte ich das Kabel auf die Steckdose zu und steckte es ein. Sofort begann der Rasierer in meiner Hand zu hüpfen und summte dabei immer lauter. Ich schrie auf und warf ihn zu Boden. Das Kabel wurde aus der Dose gerissen, und das Summen brach ab. Mein Vater musste sehr mutig sein, dachte ich, um sich mit diesem Ding zu rasieren.

Das Foto hob ich mir immer auf bis zum Schluss. Mit dem Ärmel wischte ich den Staub von dem gläsernen Rahmen und betrachtete das Gesicht meines Vaters. Er hatte eine große Nase und dichtes schwarzes Haar, und er lächelte, doch das Lächeln galt nicht mir. Seine Augen waren auf etwas Fernes gerichtet.

Ich hatte vor, zum Tor zu laufen und meinem Vater zu öffnen, sobald ich ihn durch den Zaun erblickte. Pjotr Ignatjewitsch hatte einen schweren Holzriegel am Tor angebracht. Ich übte immer wieder das Öffnen, um sicher zu sein, dass es mir bei der Ankunft meines Vaters gelingen würde. Ich würde das Tor öffnen und warten, bis er eingetreten war, denn ich durfte ja nicht auf die Straße laufen.

Wenn der letzte Zug des Tages durchgefahren und mein Vater nicht gekommen war, machte ich mir keine Sorgen. Ich wusste, dass am nächsten Tag wieder Züge kämen. Etwa um diese Zeit rief mich meine Großmutter zum Essen ins Haus. Ich rannte in den langen dunklen Flur, wo wir aßen. Meine Großmutter war die einzige, die während des Essens redete. Mein Großvater war noch verschlafen, und meine Mutter schien immer in Gedanken. Immer wieder pustete ich auf meinen Kartoffelbrei und beobachtete den Kopf meines Großvaters. Sein Platz befand sich unter dem Regal, wo meine Großmutter die Teller zum Trocknen abstellte, und von Zeit zu Zeit fiel ihm ein Wassertropfen auf den Kopf, mitten auf die kahle Stelle. Dann grummelte er vor sich hin und runzelte die Stirn, aber ohne je den Platz zu wechseln. Er brachte mich damit jedes Mal zum Kichern.

Manche Tage jenes Sommers vergingen sehr schnell. Ich wachte auf, frühstückte, gähnte und streckte mich, und kaum hatte man sich's versehen, trank ich schon wieder gähnend meine Gute-Nacht-Milch. Andere Tage dagegen wollten gar nicht aufhören. Im September mussten wir nach Moskau zurück. Mehrere lange Monate vergingen, ehe ich sechs wurde, alt genug, um zu erfahren, dass mein Vater vier Jahre zuvor an einem Herzinfarkt gestorben war. Meine Mutter hatte es nicht über sich gebracht, mir davon zu erzählen. Sie bat ihren Bruder, vorbeizukommen und mit mir zu reden. Wir saßen auf dem Sofa in meinem Zimmer, mein Onkel starrte zu Boden, und ich starrte auf seine glänzende Stirn, die große runde Nase und die buschigen Brauen. Dann erzählte er mir etwas. Ich hörte nicht, was er sagte, weil ich darüber nachdachte, ihm ein Augenbrauenhaar auszuzupfen. Er musste es wiederholen, und dabei begann ich zu weinen. Bald lief mir die Nase, und ich wischte mir alles über die Wangen. Mein Onkel reichte mir sein kariertes Taschentuch. Es war sehr groß, größer als mein Gesicht, und kratzte.

Mein Vater starb in einer kleinen Stadt am Schwarzen Meer, wo der Himmel und das Meer von ein und demselben Kobaltblau waren und die Schiffe, die in den Hafen einliefen, erstaunlich weiß wirkten in der blendenden südlichen Sonne. Der Sarg mit der Leiche meines Vaters reiste in einem Güterzug nach Moskau, in einem dunklen Waggon, zusammengezimmert aus dicken roten Brettern, neben einigen Fabrikgeräten in Sperrholzkisten. Jedes Mal, wenn sich der Zug in Bewegung setzte, neigte sich der Waggon, und die Kisten rutschten zur Seite und stießen mit dumpfem Knall, der im Rattern des Zugs unterging, gegen die Wand des Sargs.

Davon erfuhr ich erst Jahre später.

DEN FOLGENDEN SOMMER verbrachten wir wieder in Owrashki. Jede Nacht hielten die Züge aus Moskau am Bahnhof und entließen eine müde schwitzende Menschenmenge. Jedes Mal, wenn ich Pjotr Ignatjewitsch vom Fahrrad steigen sah, rannte ich durch den Garten zur Veranda; das war die Stelle, die am weitesten weg war vom Zaun. Ich kroch unter die dicken Bretter, die nach modrigem Holz rochen, und setzte mich auf einen weißen Backstein, der aus dem Fundament ragte. Das Licht schien in vier Streifen durch die Stufen der Veranda. Mit den Händen grub ich die dicke schwarze Erde aus, knetete sie und formte sie zu kleinen Bällchen, um sie in mein Puppengeschirr aus Plastik zu füllen. Dennoch hörte ich von unter dem Haus her das gedämpfte Rattern der Züge. Wenn das Pfeifsignal des Zuges ertönte, drückte ich mir ganz fest die Hände auf die Ohren und wartete, und es schien eine halbe Ewigkeit zu dauern, bis das Geräusch nachließ. Wenn ich zum Essen kam, wunderte man sich jedes Mal, wie wohl die Erde an meine Ohren geraten sei.

Lidias Wäldchen

UM ZU LIDIAS WÄLDCHEN im südwestlichen Winkel Moskaus zu gelangen, mussten meine Mutter und ich den Bus und die Metro nehmen. In jenem Winter machten wir die Fahrt fast jede Woche. In einem rostigen Eisenschuppen, inmitten von hart gewordenem grauem Dezemberschnee, warteten wir auf den Bus. Immer wieder trat meine Mutter aus dem Schuppen, um nach dem Bus zu schauen, wobei sie die Arme um sich schlang und mich fragte, ob mir auch warm genug sei. Mir war nicht warm, mir war heiß in meinen Filzstiefeln, dem unförmigen Pelzmantel – viel zu kindisch für eine Achtjährige – und der Strickmütze, die mir in meine mit Vaseline eingeschmierten Wangen schnitt. Ich hatte höchstens kalte Hände. Trotzdem trug ich niemals Handschuhe, denn meine Finger mussten frei sein. Ich konnte mich kaum bewegen unter all den Kleiderschichten; hätten meine Finger in dicken Wollfäustlingen gesteckt, hätte ich mich vollkommen hilflos gefühlt.

Wenn der Bus kam, drückte meine Mutter sich ihre schwere Tasche gegen die Brust, packte mich mit ihrer freien Hand und schob sich durch die Menge, um vor dem Heizungsrost Platz zu nehmen. Ich hielt meine geröteten, steifen Finger vor die Heizung, spürte, wie sie in der prickelnden Wärme allmählich wieder beweglich wurden, um anschließend die Stirn gegen das vereiste Fenster zu drücken und mir ein Guckloch herauszutauen. Durch dieses Loch konnte ich auf die vertraute graue Straße sehen, gesäumt von verkümmerten Bäumen, grauweißen Schulgebäuden, einheitlichen Supermärkten mit schmutzigen Fenstern, Parteisprüchen in schmutzig weißen Buchstaben auf verblichenen roten Brettern und neunstöckigen grauen Wohnblocks – alle waren lang, und manche erstreckten sich kilometerweit. »Umgestürzte Wolkenkratzer« sagte man dazu. An der Seitenwand eines dieser langen Gebäude hing ein sechs Meter hohes Lenin-Bildnis. Es ähnelte dem Kopf einer gigantischen Raupe.

Nachdem wir in die Metro umgestiegen waren, versuchten wir immer, einen Platz auf der Bank mit den beiden Eckplätzen zu bekommen. »Da sind wir unter uns«, sagte meine Mutter. Sie machte die obersten Knöpfe meines und ihres Mantels auf, stellte sich die Tasche auf den Schoß und holte die speckigen, schlecht getippten Seiten ihres Manuskripts hervor. Sie musste vor dem Treffen mit Lidia Petrowna noch ein paar Stellen überarbeiten. Die beiden schrieben zusammen Kinderbücher. Über Jahre hinweg erschienen ihre Namen mit einem Bindestrich auf dem Buchumschlag: Weller-Rousseau. Teilweise glaubten ihre Leser sogar, es handle sich um eine Einzelperson mit Doppelnamen.

Da ich nichts zu tun hatte auf der Fahrt, beobachtete ich meist meine Mutter. Ihr Gesicht war schön unter ihrer beigefarbenen Pelzmütze. Sie hatte eine kleine Nase, dichte schwarze Brauen und große braune Augen. »Augen wie ein Pferd«, wie ich einmal sagte, und es war als Kompliment gemeint; Pferde haben ja wirklich schöne Augen. Ihre Hände waren nicht schön – sie waren rau, mit hervortretenden Adern und runzligen roten, tintenbeschmierten Fingern. An ihrem Mittelfinger trug sie einen schlichten Ehering, obwohl mein Vater vor vielen Jahren gestorben war.

Je weiter der Zug sich der Moskauer Innenstadt näherte, desto mehr Leute quetschten sich in den Waggon, bepackt mit Lebensmitteln, zusammengerollten Teppichen, Fensterrahmen, Skiern, Rucksäcken und Holzkisten. Ich gab mir alle Mühe, mich so weit wie möglich in den Sitz hineinzudrücken, aber ich fühlte mich dennoch gefangen unter tröpfelnden Taschen und aufgeheizten Körpern in Pelzmänteln. Ich kannte sämtliche Haltestellen und zählte sie mit. Unsere Haltestelle war die zweiundzwanzigste. Eigentlich hieß sie schlicht und ergreifend »Südwest«. Nur meine Mutter sagte »Lidias Wäldchen« dazu, wegen Lidia Petrowna und den wenigen, kümmerlichen jungen Birken, die neben ihrem Haus wuchsen.

Lidias Wäldchen war anders als der Stadtteil, in dem wir wohnten. Zwischen den spärlichen Gebäuden dort befand sich eine weite leere Fläche, die in den Wintermonaten unter blendend weißem Schnee lag. Windböen kamen aus dem Nichts und drückten einen zu Boden. Ich klammerte mich fest an den Ärmel meiner Mutter und öffnete niemals den Mund; die kalte Luft tat mir beim Sprechen an den Zähnen weh. Die Schulen in Lidias Wäldchen sahen genauso aus wie unsere, wie auch die Supermärkte, die welken Bäume und Parteislogans. Aber die Gebäude sahen anders aus. Es waren sechzehnstöckige schmale Kästen, weiß gestrichen, mit hellblau umrahmten Fenstern und Balkon. Eine kleine, uralte Kirche hockte bescheiden zwischen den Gebäuden. Der weiße Gips war von den Wänden abgeblättert, um unregelmäßige Backsteine zum Vorschein zu bringen, und die ornamentalen Kreuze waren abgesägt worden, doch noch immer leuchteten die goldenen Kuppeln in der Sonne. Das Kircheninnere diente als Gemüselager. Oft stand eine stämmige rotgesichtige Frau davor und verkaufte faulige Kartoffeln und Zwiebeln. Sie trug eine schwarze Steppjacke mit grauen Baumwollflocken, die aus dem zerrissenen Stoff schauten, Filzstiefel, dicke Wollhandschuhe und eine feuchte Schürze. Sie schlug einen Fuß gegen den anderen und keifte ihre Kunden an: »Was du anfasst, wird auch gekauft!« Der festgetrampelte Schnee rings um die Kirche war immer mit glänzenden Zwiebelschalen übersät.

Wir gingen an der Kirche vorbei und tauchten in die Eingangshalle von Lidia Petrownas Gebäude ein, einen der blau-weißen Kästen. Die Halle war hell erleuchtet und roch nach Gips, Farbe und frischen Zeitungen. Im vierzehnten Stock steuerten wir durch einen labyrinthischen weißen Flur mit identischen schwarzen Türen. Mein Herz begann schneller zu schlagen, sobald meine Mutter auf die Klingel drückte, als ob ich im nächsten Moment ein Märchenschloss betreten und mich in eine Prinzessin verwandeln würde, wenn auch nur für wenige Stunden. Das Märchen begann für mich, sobald uns Lidia Petrowna die Tür aufmachte, und zwar mit der holzgeschnitzten Garderobe, an der sie unsere Mäntel aufhängte, anstatt sie, wie sonst bei Leuten üblich, auf Plastikbügel in einen Schrank zu hängen.

Dann gingen sie und meine Mutter in das hintere Zimmer, das voll gestopft war mit Büchern, stapelweise Manuskripten und losen Zetteln. Durch die offene Tür sah ich die beiden auf einem alten, schäbigen blauen Samtsofa sitzen. Lidia Petrowna trug meist dunkle Hosen und weiche, weite, weiße Blusen und oftmals ihre große Opalbrosche. Ich warf ihr einen Blick zu und schaute mich dann im Spiegel an, wobei ich mir mich selbst in einer solchen Bluse vorzustellen versuchte, anstatt in einem braunen Acrylpullover. Ich lächelte mein Phantasie-Spiegelbild an und knickste.

Von Zeit zu Zeit schaute ich ihnen bei der Arbeit zu. Mit ihrer tiefen ruhigen Stimme las Lidia Petrowna jede Seite laut vor, wobei sie gelegentlich innehielt, um auf irgendeinen Punkt hinzuweisen. Meine Mutter nickte und trug Verbesserungen ein. Manchmal wenn sie beim Schreiben war, starrte Lidia Petrowna sie mit seltsamer, beunruhigender Miene an. Ich glaubte, sie sei neidisch auf die Schönheit meiner Mutter, und sie tat mir Leid. Lidia Petrowna war nicht schön. Sie war nicht nur gewöhnlich oder unscheinbar – sie war hässlich, mit ihrer langen fleischigen Nase und der großen Warze über dem Mund. Aber nachdem ich mich an ihre Hässlichkeit gewöhnt hatte, wurde mir ihr Gesicht immer angenehmer. Ihr grauer Pagenkopf war lockig wie ein Schaffell, ihre kleinen dunklen Augen leuchteten ganz hell, und sie hatte ein sehr schönes Lächeln. Ihr Mund dehnte sich nicht, aber ihre hellen Augen verliehen ihrem Gesicht ein warmes Leuchten, wobei selbst die Warze nett aussah, wie ein rosafarbene Beere, die es nicht ganz bis zu ihrem Mund geschafft hatte und unterwegs im Gesicht kleben geblieben war. Sie lächelte niemals breit und weinte nie, nicht einmal auf der Beerdigung ihrer Mutter. Damals hatte sie mit einem gruseligen toten Blick und trockenen Augen dagesessen, während ihr meine Mutter weinend über den Rücken strich.

Wenn wir bei Lidia Petrowna waren, gehörte das vordere Zimmer mir. Einmal, als es im hinteren Zimmer zugig war, fragte Lidia Petrowna: »Larotschka, dürfen wir heute bei dir im Zimmer arbeiten?« Ich nickte, rot vor Freude.

»Mein Zimmer« war groß und schummerig. Darin standen nur wenige Möbelstücke und nichts, was leuchtete, glitzerte oder glänzte. Statt der typischen Kristallvasen, die man oft in Moskauer Wohnungen fand, gab es Bronzestatuetten; statt Bildern in Glasvitrinen gab es Ölgemälde in abgesplitterten Bronzerahmen. Statt der üblichen aufpolierten Garderoben und Kleiderständer stand da ein alter Schreibtisch aus dunklem Holz, darauf ein grünes Tuch, und ein Mahagoni-Bücherschrank mit Schnitzwerk. Das Licht, das aus dem großen Fenster hereinfiel, wurde sanft absorbiert und schmeichelte, anstatt zu blenden.

Ich durfte im hohen Stuhl mit dem dunklen zerknitterten Lederpolster sitzen und mit dem Füllfederhalter zeichnen, der einmal Lidias Großvater gehört hatte. Der lange, etwas rostige Federhalter mit dem Holzgriff hatte seine Tücken. Entweder kratzte er ergebnislos übers Papier oder er machte dicke Kleckse, aber nach ein paar Versuchen gelang es mir meist, meinen Namen zu schreiben und sogar aus dem letzten »a« einen hübschen Schnörkel zu machen. Ich durfte mir außerdem jedes gewünschte Buch aus dem massiven Mahagoni-Bücherschrank mit den kurzen Beinchen und den geschnitzten Eichenblättern an den Türen nehmen, aber ich zog es vor, mir einfach nur die ledergebundenen Bände anzuschauen und mit dem Finger darüberzustreichen. Jedes Buch, das ich mir herausnahm, fühlte sich in meinen Händen sehr schwer an. Die hauchdünnen Seiten waren vergilbt und trocken. Sie rochen nach alten Keksen, und ich hatte Angst, sie könnten zwischen meinen Fingern zerbröseln, wie es alte Kekse oft tun. Die meiste Zeit schlenderte ich einfach nur durchs Zimmer und verschlang jedes Detail. Selbst nachdem ich viele Male in Lidia Petrownas Wohnung gewesen war, entdeckte ich immer wieder Neues und Überraschendes. Zum Beispiel war mir nie aufgefallen, dass die Don-Quixote-Bronze auf dem Schreibtisch mit dem behelmten Kopf wackeln konnte, bis ich aus Versehen mit dem Füllfederhalter dagegenstieß. Oder einmal, als ich mit dem Finger über die langen Kratzer im Holz des Bücherschranks fuhr, entdeckte ich das Wort »Katze«, in großen, unbeholfenen Buchstaben in die Seitenwand geritzt. Es stammte bestimmt noch aus Lidia Petrownas Kindheit.

Sobald Lidia Petrowna und meine Mutter mit dem Manuskript fertig waren, gingen wir in die Küche, um zu Mittag zu essen. Raschen Schrittes ging Lidia Petrowna vor uns her. Meine Mutter folgte ihr, gähnte und rieb sich die müden Augen. Und ich musste mich zügeln, um nicht in die Küche zu rennen.

Anders als die restliche Wohnung wirkte die Küche genauso wie jede x-beliebige Moskauer Küche: die Wände grau-gelb gestrichen, weiße Kunststoffschränke, ein

Kunststoff-Klapptisch, beigefarbenes Linoleum mit langweiligem Muster, ein brummender Kühlschrank und ein Emaillekessel auf dem Herd. Wir setzten uns auf weiße Hocker mit harten rutschigen Sitzen und warteten, bis der Tisch seine wundersame Verwandlung erfuhr. Erst erschien das weiße Tischtuch, das die zerkratzte und abgewetzte Oberfläche des Tisches bedeckte wie der erste Schnee die Makel auf der Erde; dann kamen die Tassen, hellblau mit Goldrand, aus feinstem Porzellan; dann ein kobaltblauer Teekessel mit einem silbernen Tee-Ei, das mit einem Haken an dem winzigen Schnabel befestigt war. Danach begann ich ungeduldig auf meinem Hocker zu zappeln, und endlich stellte Lidia Petrowna das Essen auf den Tisch. Wir wussten nie, was sie auftragen würde. Immer war es etwas Neues, etwas, das ich noch nie gegessen hatte. Später konnte ich mich nie erinnern, was es war – alles hatte einen seltsamen, fremdländischen Namen –, aber ich wusste noch, wie mir etwas Weiches und Sanftes mit unbekanntem, raffiniertem Geschmack auf der Zunge zerging. Lidia Petrowna kochte nicht selbst – sie hielt die Zeit, die man ins Kochen investierte, für verschwendet. Sie kaufte das Essen in einem kleinen Feinkostladen, versteckt in einem verwinkelten kleinen Gässchen in der alten Moskauer Innenstadt.

Beim Tee plauderten meine Mutter und Lidia Petrowna meist über gemeinsame Freunde aus der Verlagswelt. Ich amüsierte mich, indem ich durch meine Tasse hindurchblickte, die so dünn war, dass ich auf der anderen Seite die Umrisse meiner Finger erkennen konnte. Auch Lidia Petrownas Hände beobachtete ich mit Vorliebe. Sie waren klein und blass, mit glatter Haut und langen schmalen Fingern. Wenn sie redete, vollführten ihre Hände leichte, zarte Bewegungen in der Luft, als würden sie tanzen. Von Zeit zu Zeit rückten ihre tanzenden Hände den Händen meiner Mutter ein Stückchen näher. Meine Mutter reagierte komisch. Sie ließ ihre Hände unter den Tisch fallen und verspannte sich. Mir fiel außerdem auf, dass meine Mutter nach einem eigenartigen Vorfall vor einigen Monaten überhaupt jeder Berührung mit Lidia Petrowna auswich. Ich spielte wie immer im vorderen Zimmer, aber aus irgendeinem Grund war die Tür zum hinteren Zimmer zu. Ich hörte ihre gedämpften Stimmen, dann wurde die Tür aufgeworfen, und meine Mutter platzte heraus, rot und aufgewühlt. Lidia Petrowna folgte ihr mit gebeugtem Kopf. Ohne ein Wort zu sagen, reichte mir meine Mutter meinen Mantel und warf sich ihren über. Mit zuckendem Mund stand Lidia Petrowna an die wacklige Garderobe gelehnt. Plötzlich drehte sich meine Mutter zu ihr um und nahm ihre Hand. »Lidotschka«, sagte sie – ich war erstaunt, denn meine Mutter benutzte niemals Kosenamen, sie nannte mich niemals »Larotschka«, immer nur »Lara« –, »Lidotschka, natürlich bleibst du meine beste Freundin.« Meine Mutter berührte Lidia Petrowna nach diesem Mal nie wieder.

Ich liebte es, wenn Lidia Petrowna Geschichten aus ihrer Kindheit erzählte, von ihren Eltern, von der Zwölfzimmerwohnung ihrer Eltern, die niemals groß genug zu sein schien. »Das war noch vor der Revolution«, erklärte mir meine Mutter später.

Auf dem Heimweg, in der Metro, erzählte mir meine Mutter noch mehr Geschichten über Lidia Petrowna.

Um das Grollen der Bahn zu übertönen, beugte sie sich dicht zu mir heran, kitzelte mich mit ihrem Atem im Ohr, wodurch das, was sie sagte, noch aufregender klang. »Wusstest du, dass ihr Familienstammbaum jahrhunderteweit zurückreicht? Wusstest du, dass sie mit russischen Zaren verwandt ist und dass ihr Urgroßvater ein französischer Diplomat war?« Ich lauschte mit offenem Mund. Ich konnte meinen Stammbaum nur bis zu meiner Urgroßmutter Klara zurückverfolgen, und ihr Name war das Einzige, was ich über sie wusste. Als man uns im Kindergarten erzählte, die Menschen würden vom Affen abstammen, nahm ich natürlich an, Klara sei ein Affe. Ich zeichnete sogar einen Affen in einem Baum und nannte das Bild *Meine Urgroßmutter Klara*.

IM JANUAR BLIEBEN WIR drei Wochen lang Lidias Wäldchen fern. Lidia Petrowna rief an, um zu sagen, dass sie erkältet sei, und dann, dass sie eine entfernte Verwandte zu Besuch habe, und dann, dass sie dringend einen Artikel schreiben müsse.

Als wir endlich wieder in Lidias Wäldchen kamen, spürte ich, dass irgendetwas nicht stimmte. Lidia Petrowna führte meine Mutter in die Küche anstatt in das hintere Zimmer, weil das hintere Zimmer, wie sie erklärte, sehr unaufgeräumt sei. Schneller als üblich waren sie fertig mit ihrer Arbeit, und während des Mittagessens war Lidia Petrowna nervös und zerstreut und verschüttete sogar etwas Milch auf dem Tisch. Meine Mutter wischte sie rasch auf, und während sie dastand, das Geschirrtuch in der Hand, tauchte eine Frau aus dem hinteren Zimmer auf und ging an uns vorbei zum Badezimmer. Eine hoch gewachsene, dünne Frau mit vorstehender Nase und hohlen Wangen in einem lila Pyjama. Die Frau warf uns einen Blick zu und sagte: »Guten Morgen«, obwohl es längst nach zwölf war. Meine Mutter war so verdutzt, dass sie erst ein »Hallo« hervorbrachte, als die Frau schon im Badezimmer verschwunden war und wir das Wasser laufen hörten. Dann kam die Frau heraus und steuerte wieder auf das hintere Zimmer zu, wobei sie über Kopfschmerzen und den Wetterumschwung klagte. »Das ist meine Freundin Emma«, sagte Lidia Petrowna. Meine Mutter warf mir einen raschen Blick zu, sagte aber nichts. Sie hatte sich ununterbrochen mit einem fettigen Geschirrhandtuch die Hände abgewischt.

Danach waren unsere Besuche in Lidias Wäldchen anders. Auch wenn wir Emma selten zu Gesicht bekamen – meist war sie außer Haus oder schlief nach einem Migräneanfall im hinteren Zimmer, oder wenn sie zu Hause war und nicht schlief, schenkte sie uns für gewöhnlich keine Beachtung –, spürten wir überall ihre Gegenwart. Von Zeit zu Zeit spähte sie in ihrem Pyjama, in geblümten Roben oder grellbunten Kimonos in die Küche, klagte über Kopfschmerzen und bat uns höflich, leiser zu sprechen. Sie spähte auch in das vordere Zimmer, wenn ich aus Versehen etwas fallen ließ, sagte aber nichts, zuckte nur zusammen und schlurfte in ihren edlen, bestickten Pantoffeln davon, während sie sich die Schläfen massierte. Noch lange nachdem sie verschwunden war, hing der Duft ihres dunklen, verstörenden Parfums in der Luft. Auch ich spürte ihre Gegenwart, entdeckte überall Papierblumen: auf dem Schreibtisch, auf den Regalen, auf den Fensterbänken. Emma hatte sie selbst gemacht und in glitzernden Kristallvasen arrangiert, die sie mitgebracht haben musste.

Ich fragte mich, wie lange Emma wohl vorhatte zu bleiben. Wir hatten auch manchmal Freunde bei uns zu Gast, aber niemals über eine so lange Zeit.

Im Februar war Emma immer noch da und hatte sogar ihren Schoßhund Kitty zu sich geholt. »Emma hat den Hund vermisst«, flüsterte Lidia Petrowna meiner Mutter zu. »Um die Wahrheit zu sagen, ich tu mich etwas schwer mit Tieren, aber Kitty macht ja keinen Ärger.« Das stimmte – Kitty konnte ja gar keinen Ärger machen. Sie sprang nicht, lief nicht, biss nicht, sie konnte nicht bellen – sie lag ausschließlich bei einem auf dem Schoß und starrte einem ins Gesicht.

Meist wartete Kitty, bis ich mich gesetzt hatte; dann hievte sie langsam, schwerfällig, ihren fetten Körper auf meinen Schoß, wobei sie mir ihre winzigen Krallen in die Oberschenkel grub. Dann machte sie es sich gemütlich und fixierte mich mit ihren runden glasigen Augen. Ihr ganzer Körper schien erstarrt, bis auf die winzige feuchte Nase, die die ganze Zeit zitterte. Kittys Gesichtsausdruck hatte etwas Beunruhigendes. Ich setzte sie auf den Boden, wogegen sie sich niemals wehrte, aber kurze Zeit später hatte ich sie wieder auf dem Schoß. Am Ende war mein Rock übersät mit langen weißen Hundehaaren.

Bei meiner Mutter und Lidia Petrowna benahm sich Kitty genauso. Immer wenn wir beim Tee saßen, kam sie in die Küche gelaufen. Ich versuchte sie mit Essbarem abzulenken, aber sie schnupperte bloß und kratzte mit den Krallen daran, um anschließend auf jemandes Schoß zu springen. Die Einzige, die sich über Kittys Zuwendung freute, war Emma. Häufig hob sie den Hund hoch und gab ihm einen dicken Kuss auf seine feuchte Nase.

Jedes Mal, wenn wir jetzt zu Lidias Wäldchen kamen, rechnete ich mit weiteren Veränderungen. Es war wie ein Suchspiel. Und ich fand sie auch jedes Mal, mit sinkendem Mut: Spitzenvorhänge statt der schweren Samtgardinen, Keramikbecher statt des blauen Porzellanservice, überall Fotos von Emma in gläsernen Rahmen. Lidia Petrowna war immer einverstanden, lobte sogar Emmas Auswahl, wobei ich an ihrer Aufrichtigkeit zweifelte. »Seht nur, unsere neuste Errungenschaft!«, sagte Lidia Petrowna einmal und führte uns ins vordere Zimmer. Neben dem Schreibtisch stand ein wuchtiges, kastenförmiges Ding aus glänzend poliertem Holz mit Glastüren. Auf der rechten Seite war es mit Tellern und Vasen gefüllt, auf der linken mit Büchern. Meine Mutter schnappte nach Luft. Lidia Petrowna klapperte mit den Glastüren: »Sehr praktisch, und viel geräumiger als mein alter Bücherschrank.« Ich blickte mich um, und erst da fiel mir auf, dass der alte Bücherschrank verschwunden war. Mein geliebter alter Bücherschrank mit den kurzen Beinchen und dem in die Seitenwand geritzten Wort »Katze« war nicht mehr da! Verzweifelt versuchte ich, meine Tränen zurückzuhalten. Dann fiel mir Lidia Petrownas Miene auf. Ihr Mund war zu einem Lächeln verzogen, doch ihre Augen waren traurig. Sie war nicht so glücklich über den neuen Bücherschrank, wie sie tat. Warum ließ sie Emma freie Hand? Hatte sie Angst vor ihr? Ich hütete mich, meine Mutter zu fragen. Sie wurde jedes Mal ärgerlich, wenn ich auf Emma zu sprechen kam, und fuhr mich an mit den Worten: »Du redest zu viel!«

Anders waren außerdem unsere Mahlzeiten. Jetzt bekamen wir belegte Brote mit Mortadella serviert und viereckige Supermarktkekse, die nach Mehl schmeckten. Emma behauptete, Feinkost sei ungesund und viel zu teuer. Wir aßen schweigend, und jedes Geräusch – das Klimpern von Löffeln, das Rascheln von Verpackungen – wirkte zu laut. Lidia Petrowna aß nicht mit uns. Sie stand jetzt in einer fleckigen geblümten Schürze an der Spüle, wusch Geschirr ab oder schälte Kartoffeln. Wenn ich ihre zarten Finger inmitten der schwarzen klebrigen Schalen sah, musste ich jedes Mal an die Geschichte vom Aschenputtel denken. Irgendjemand, so glaubte ich, musste sich Lidia Petrownas annehmen, um sie vor Emma zu schützen. In meinen Träumen war ich dieser Jemand. Szenen aus sowjetischen Heldenfilmen flammten in mir auf. In knarzenden Lederstiefeln und abgewetzter Lederjacke platze ich in die Wohnung, dicht gefolgt von meinen Soldaten. Ich ziehe meinen glänzenden Revolver und schieße drauflos. Emma rennt schreiend davon, zusammen mit ihrem Hund, ihren Papierblumen und ihrem neuen blitzblanken Bücherschrank in einer Schubkarre. Die Idee mit der Schubkarre gefiel mir besonders gut, und ich hörte sie förmlich unter der scheußlichen glänzenden Wucht des verhassten Bücherschranks ächzen.

Ich wusste, in Wirklichkeit war ich machtlos. Alles, was ich tun konnte, war, Kitty auf ihren langen, hässlichen Schwanz zu treten, wenn keiner hinsah. Was ich einmal auch tat. Nur ganz leicht, aber Kitty winselte nicht einmal, sondern warf mir nur einen empörten Blick zu. Anschließend, auf dem Heimweg, juckte mir der Fuß, als wäre ich aus Versehen auf etwas Widerliches getreten.

Bald darauf war es mit unseren Mahlzeiten in Lidia Petrownas Wohnung ganz vorbei. Eines Tages beim Mittagessen kam Emma in die Küche, klagte über Kopfschmerzen und sagte, sie hätte nichts gegen eine Tasse Tee einzuwenden. Lidia Petrowna schenkte ihr eilig ein, doch Emma warf uns einen langen, bedeutsamen Blick zu und sagte, sie wolle lieber warten. Danach, wenn uns Lidia Petrowna Tee anbot, lehnte meine Mutter immer ab und sagte, wir könnten nicht lange bleiben. Wir aßen in der Metro, im Bahnhof Südwest. Wir setzten uns auf die kalte Marmorbank an der kalten Marmorsäule, und meine Mutter holte unsere alte gelbe Thermoskanne heraus und ein paar zusammengeklebte Stückchen Käse in einer Papierserviette. Die Leute starrten uns an, und ich versuchte, sehr schnell zu essen, wobei ich mich an dem kochend heißen, bitteren Tee verschluckte und mir nicht einmal die Mühe machte, die Papierfetzen zu entfernen, die an dem Käse klebten.

Ende März besuchten wir Lidia Petrowna zum letzten Mal. Sie saß in der Küche, Kitty auf dem Schoß. Meine Mutter zog die Manuskriptseiten aus ihrer Tasche und legte sie auf den Tisch, aber Lidia Petrowna sah nicht einmal hin. Ihr Mund zuckte. Lidia Petrowna setzte Kitty auf den Boden und sagte mit ihrer tiefen, ruhigen Stimme: »Ich weiß, dass sie mich nicht liebt. Niemand wird das jemals tun. Das habe ich akzeptiert.« Ich wartete, bis meine Mutter etwas sagte, irgendetwas, doch sie schwieg. Sie erhob sich vom Tisch, ging zu Lidia Petrowna hinüber und umarmte sie. Ich weiß nicht, wie viel Zeit verging, bis Emma hereinkam. Sie trug einen dunkelroten Morgenmantel aus Seide und wirkte verschlafen. Mit stumpfem Blick betrachtete sie meine Mutter und Lidia, und dann, nach wenigen Sekunden, stieß sie einen gedämpften Schrei aus. Sie ließ sich auf einen Hocker fallen und begann nach Luft zu schnappen, wobei sie sich die karmesinroten Fingernägel in die Brust krallte. Vielleicht stirbt sie gerade, dachte ich; ich hatte noch nie jemanden sterben sehen. Lidia Petrowna eilte mit einem Glas Wasser zu ihr hin, aber sie bewarf sie damit und schob Kitty von sich. Dann konnte ich Emma nicht mehr sehen, denn meine Mutter packte mich am Ärmel und zerrte mich in den Flur, wo sie mir hastig und sehr unsanft Mütze und Mantel anzog.

»Muss Emma sterben?«, fragte ich meine Mutter, während wir auf den Fahrstuhl warteten. Sie antwortete nicht, ihr Gesicht war sehr weiß, die Lippen ein schmaler runzliger Strich. Ich beobachtete die Tür, in der Hoffnung, dass Lidia Petrowna herauskommen und uns vom Gehen abhalten würde. Doch als die Tür aufging, war es Emma, die auf der Schwelle stand, die Manuskriptseiten in der Hand. Sie warf sie ins Treppenhaus. Einige landeten mit dumpfem Knall neben der Tür, andere flogen die Treppen hinunter. Emmas Morgenmantel öffnete sich, und ich sah den locker sitzenden schwarzen Nylon-BH über ihrer hageren Brust. Dann packte Lidia Petrowna Emmas Hand und zog sie hinein.

Ich kniete auf dem kalten grauen Linoleum, gesprenkelt mit getrocknetem Gips, um die Seiten aufzuheben. Meine Mutter wartete im Fahrstuhl. Zusammen mit dem Schmutz und den Härchen, die daran klebten, schob sie die Seiten in ihre Tasche, und als der Fahrstuhl endlich losfuhr, stieß sie einen Seufzer der Erleichterung aus.

Auf dem Weg zur Metro ging meine Mutter sehr schnell, ohne ein Wort zu sagen. Ich musste neben ihr herrennen, um mitzuhalten, und gab mir dabei alle Mühe, nicht in die Pfützen zu treten. Überall liefen winzige schmutzige Rinnsale: die Bäume, der Bürgersteig und die Häuser waren dunkel und nass. Statt mit Schnee waren die Häuser mit Schmutz und frühlingshaften Grasbüscheln bedeckt. Die schweren Türen der Kirche standen weit offen. Zwei unrasierte Männer in dunklen Kappen waren gerade dabei, schwere Säcke mit Kartoffeln und Zwiebeln von einem klapprigen Laster zu laden. Die Verkäuferin trug jetzt einen leichten Armeemantel und schwarze Gummistiefel. Sie hustete die ganze Zeit, und ihre Stimme klang mitgenommen, als sie keifte: »Was du anfasst, wird gekauft!« Glänzende Zwiebelschalen schwammen in einer großen Pfütze neben ihrem Stand.

Ich drehte mich nach Lidia Petrownas Gebäude um. Da stand es, das zweite in der Reihe identischer Gebäude, jedes Fenster ordentlich mit Vorhang. Ich zählte die Stockwerke bis zum vierzehnten, konnte aber ihr Fenster nicht finden.

Wir fuhren nie wieder zu Lidias Wäldchen und hörten auch bald auf, diesen Namen zu gebrauchen. Wir sagten »Südwest«, wie alle anderen auch.

Eine Frage an Vera

DAS BRÖTCHEN AUF KATJAS TELLER wurde immer größer. Sie hätte schwören können, dass es kleiner war, als sie vor vierzig Minuten anfing zu essen. Katja blickte vom Teller hoch und sah sich um. An den Tischen waren nur noch drei von ihnen übrig, drei langsame Esser: Wowa Libman, Nina Domowa und Katja. Katjas beste Freundin Asisa wäre auch dabei gewesen, hätte sie nicht mit einer Grippe zu Hause bleiben müssen.

Andere Kinder hatten schon aufgegessen und durften spielen. Sie spielten in demselben Raum, in dem sie aßen, einem großen quadratischen Raum, gelb gestrichen, auf der rechten Seite die Spielecke, auf der linken die Essecke, vorne die Küche und hinten das Klo – eine typische Moskauer Vorschule. Katja hörte Geschnatter, Geheule, Gelächter und das Klappern von Spielzeug. Sie könnte jetzt auch spielen, wäre da nicht dieses Brötchen. Seufzend nahm sie noch einen Bissen. Das Brötchen wurde nicht nur größer; es wurde auch härter. Jetzt musste Katja viel fester zubeißen. Sie spähte in ihren weißen Plastikbecher – er war leer. Sie überlegte, die Lehrerin um mehr Milch zu bitten, entschied sich aber dagegen. Es würde damit zwar besser rutschen, aber dann hätte sie das Brötchen und die Milch zu bewältigen.

Ihre Lehrerin, Jelena Borissowna, saß auf der Fensterbank und säuberte sich mit einem Küchenmesser die Fingernägel. Ihre Hüften, in einem hellblauen Rock, lagen breit auf der Fensterbank wie ein großes Kissen. Sie trommelte mit dem schweren Absatz ihres Schuhs gegen die Wand: »Bumm, bumm, bumm.« Jelena Borissowna wuchsen lange, krause Härchen aus der Wange. Bei ihr durfte niemand den Tisch verlassen, der nicht aufgegessen hatte, selbst wenn nur noch ein winziges Stück auf dem Teller lag.

Die Aussicht, als Letzte mit dem Essen fertig zu sein – ganz allein in der Essecke zurückgelassen zu werden –, erfüllte Katja mit Schrecken. Wäre Asisa da gewesen, wäre Katja nicht so nervös. Sie und Asisa waren oft die Letzten. Sie stimmten ihr Kauen aufeinander ab und schluckten bedächtig, um gleichzeitig mit dem Essen fertig zu sein. Dann zeigten sie ihrer Lehrerin den leeren Teller und gingen zusammen spielen. Aber heute war Asisa nicht da.

Katja reckte den Hals, um einen Blick auf Wowas und Ninas Teller zu werfen. Wowa, ein schmächtiger kleiner Junge mit geknickten roten Ohren, aß nicht; er starrte sein unangetastetes Brötchen nur hilflos an, während ihm die Tränen in die Augen traten. Jeden Tag sagte Jelena Borissowna aufs Neue zu ihm: »Ein heulender Junge! Na toll!« Katja war froh, ein Mädchen zu sein. Mädchen durften weinen, hübsche Rüschenkleider tragen und den Schmuck ihrer Mütter anprobieren. Wowa Libman war es gleichgültig, ob er ein Junge oder ein Mädchen war; er war ständig am Weinen. Er weinte, und sobald er sich beruhigt hatte, bohrte er in der Nase und aß seine Popel.

Wenn Nina Domowa zuerst fertig wurde, würden nur noch Katja und Wowa am Tisch sitzen, was noch schlimmer wäre, als allein dasitzen zu müssen.

Katja warf einen Blick auf Nina Domowas Teller. Anders als Wowa stellte Nina eine ernst zu nehmende Konkurrentin dar. Sie aß zwar langsam, aber sie machte deutliche Fortschritte und das Stück Brötchen, das noch auf ihrem Teller lag, wurde definitiv kleiner. Nina Domowa biss nicht in das Brötchen; sie brach winzige Stücke davon ab, um sie sich einzeln in den Mund zu stopfen. Katja versuchte es ebenfalls mit dieser Methode. Es funktionierte. Es gelang ihr sogar, schneller zu essen als Nina, weil sie kräftiger kauen konnte.

Katja schluckte das allerletzte Stück hinunter – irgendwie rutschte das letzte Stück besser – und brachte Jelena Borissowna ihren leeren Teller. Jelena Borissowna beäugte Katjas Tasse und kratzte sich mit dem stumpfen Ende ihres Küchenmessers den Rücken, ehe sie seufzte und sagte: »Gut, du kannst gehen.«

KATJA GING HINÜBER zur Spielecke und blieb stehen, unsicher, was sie tun sollte. Wäre Asisa da gewesen, würden sie sich zusammen Spiele ausdenken. Meist spielten sie schöne Prinzessinnen, wie in den Bilderbüchern – schöne Prinzessinnen mit fließenden goldenen Zöpfen bis auf den Boden, auch wenn sowohl Katja als auch Asisa ganz kurz geschnittenes schwarzes Haar hatten. Wenn Asisa krank war, ließ sich Katja meist dazu hinreißen, mit den anderen Kindern zu spielen. Aber jetzt waren die anderen Kinder schon seit geraumer Zeit beim Spielen, und alle waren in das eine oder andere Spiel verwickelt.

Die Babypuppen-Gruppe, die Kuchenback-Gruppe und die Gruppe, die gegen die Nazis und die Zarenarmee kämpfte, hatten sich bereits gebildet. Bei den Rollenspielen wie Mutter und Tochter, Schafe und Wölfe und Gänse und Wölfe waren alle Rollen verteilt. Nur ein einziges Mädchen, Ira Baranowa, spielte allein mit einer einäugigen Puppe.

Katja mochte diese Puppe. Sie hatte sich sogar einen Namen für sie ausgedacht – Vera, weil die Puppe dem berühmten Filmstar Vera Orlowa ähnelte. Die Puppe hatte dieselben Augenbrauen, zwei schmale Bögen. Katja unterhielt sich auch mit der Puppe, wenn keiner dabei war. Sie machte ein paar Schritte auf Ira Baranowa zu, um zusammen mit ihr und Vera zu spielen, aber Ira gähnte, nahm die Puppe und ging davon.

Katja ging hinüber zur Spielzeugkiste. Es waren nicht viele Spielsachen übrig, bloß ein paar kaputte Autos und hier und da ein paar Puppenkleider. Auf dem Grund fand Katja vier, fünf Buntstifte und beschloss, eine Prinzessin zu zeichnen. Sie kniete sich vor einen niedrigen Holzstuhl, breitete ein zerknittertes Stück Papier über die Sitzfläche, dachte einen Augenblick nach, atmete tief durch und begann zu zeichnen. Sie malte zwei gerade dicke gelbe Striche, die die Zöpfe der Prinzessin darstellten. Als sie jünger war, fing sie immer erst mit den Augen der Prinzessin an. Später ging ihr auf, dass es viel einfacher war, erst die Zöpfe zu malen. Die Zöpfe konnte man mit einem einfachen Halbkreis verbinden, und das war's – schon hatte man ein Gesicht.

Katja hielt inne, schwankte zwischen Blau und Aquamarin für die Augen der Prinzessin. Das Aquamarin sah hübscher aus. Sie war gerade dabei, die Buntstiftspitze mit der Zunge anzufeuchten, um die Farbe zu intensivieren, da spürte sie, dass sie von Ira angestarrt wurde. Ira kam auf sie zu, wobei sie Vera an einem Bein mit sich trug. Sie trat sehr dicht an Katja heran und sagte: »Man soll Buntstifte nicht mit der Zunge berühren. Das ist nicht gut.« Katja nahm den Buntstift aus dem Mund. Ira warf einen Blick auf Katjas Zeichnung und sagte: »Wir müssen reden.« Katja erhob sich von den Knien und legte den Buntstift hin. Sie sah, wie der Buntstift fröhlich klackernd zum Rand des Stuhls rollte, ein paarmal hüpfte und dann zu Boden fiel. Sie wollte nicht mit Ira mitgehen. »Komm«, sagte Ira beharrlich und zerrte an Katjas blauem Flanellkleid.

SIE BETRATEN DEN WASCHRAUM und blickten auf die Reihe weißer Keramikwaschbecken und auf die Reihe weißer Toiletten in Kindergröße, in dunkelblauen Kabinen ohne Türen. Rechts an der Wand hingen hölzerne Handtuchhalter, jedes mit dem Namen eines Kindes. Katja konnte ihren Halter sehen, den zweiten von links. Da war ihr Name: KATJA M. Und ihr Handtuch – weiß, mit einem winzigen grünen Häschen in der Ecke.

Ira Baranowa flüsterte: »Ich weiß was über dich.« Jetzt stand Ira vor Katja und versperrte ihr die Sicht auf die Waschbecken und Toiletten. Ira war groß. Sie war das größte Kind in der Gruppe, mit rundem Gesicht, rosigen Bäckchen und strengen grauen Augen. Ira behauptete, sie habe *Krieg und Frieden* gelesen. Katja hatte *Krieg und Frieden* im Bücherschrank ihrer Mutter gesehen. Sie wusste, dass es ein sehr dickes Buch war, vielleicht das dickste von allen. Ira Baranowa war eine anerkannte Autorität in den Dingen des Lebens.

»Du bist eine Jüdin«, sagte Ira. »Ich weiß das. Ich merke das.« Katja machte einen Schritt zurück gegen die Wand und spürte die kalten Fliesen an den Schulterblättern. »Eine Jüdin? Warum?« Katja wusste nicht, was »eine Jüdin« bedeutete, oder »ein Jude«, nicht einmal »jüdisch«. Sie hatte dieses Wort weder in ihrer Familie noch im Fernsehen jemals gehört, aber irgendwie war ihr sofort klar, dass sie das nicht sein wollte. »Das geht überhaupt nicht!«, sagte sie. Ira Baranowa seufzte. Sie griff hinter Katjas Rücken, wo sich Katjas Hände befanden, nahm sie an der rechten Hand und ging mit ihr hinüber zum Spiegel.

Es war ein kleiner runder Spiegel, der neben der letzten Kabine an der Wand hing. Katja sah ihr eigenes Spiegelbild und die linke Seite von Iras Mund und Kinn. Iras Mund ging auf und zu, und ihre großen feuchten Zähne kamen zum Vorschein. »Guck dir mal deine Augen an«, sagte Ira. Katja guckte. Sie hatte braune Augen, dieselbe Farbe wie ihr Onkel Felix und ihr Vetter Lew, aber heller als ihre Mutter und viel heller als ihre Großmutter. »Deine Augen sind zu groß. Das ist nicht normal.« Katja drehte sich um und guckte sich Iras Augen an. Sie hatte Recht; ihre Augen waren doppelt so groß wie die von Ira. Zwei große runde Untertassen. Katja fand sie sofort furchtbar. »Und jetzt guck dir deine Nase an.« Katja guckte, entdeckte aber nichts Beunruhigendes. Ihre Nase war nicht groß; sie war sogar kleiner als die von Ira. Aber dann sah sie im Spiegel, wie Ira mit dem Finger an Katjas Nase entlangfuhr. »Siehst du, sie zeigt nach unten, nicht nach oben.« Das stimmte. Verzweifelt versuchte Katja, ihr Kinn hochzuschieben, doch ihre Nasenspitze zeigte beharrlich nach unten. Katja wollte nach ihrem Handtuch greifen, um sich hinter dem geliebten grünen Häschen vor Ira zu verstecken.

»Jetzt pass mal auf«, sagte Ira und starrte irgendwo zu Boden. In diesem Augenblick ging die Tür auf, und Nina Domowa betrat den Raum. Sie stapfte auf die erste Kabine zu und begann ihre Strumpfhose zusammen mit der Unterhose herunterzurollen. Ira schürzte die Lippen und warf Katja einen vielsagenden Blick zu. Katja begriff. Ihr Gespräch war zu ernst, um andere mithören zu lassen. Nina rollte sich die Strumpfhose bis zu den Oberschenkeln hinunter und setzte sich auf die Toilette. Sie bewegte sich hin und her, dann ließ sie sich abrutschen und stand wieder aufrecht – die Strumpfhose war noch im Weg. Sie rollte sie sich noch ein Stück tiefer, bis sie ihr in den Kniekehlen hing. Sie setzte sich wieder auf die Toilette. »Macht sie jetzt groß oder klein?«, fragte sich Katja nervös.

Beim Warten warf sie Ira Baranowa einen diskreten Blick zu, wusste deren Miene aber nicht zu deuten. Katja vermied es, in den Spiegel zu sehen, weil sie Angst hatte, weitere furchtbare Entdeckungen zu machen, aber sie musste immer wieder an Iras Worte denken. »Deine Augen sind zu groß. Das ist nicht normal«. Das hieß also, eine »Jüdin« zu sein war nicht normal, genau wie Katja vermutet hatte. Ihr fiel wieder ein, wo sie ein ähnliches Wort gehört hatte. Einmal, als sie sich mit ihrer Mutter in einem Gemüseladen befand, war eine Kundin von einer der Verkäuferinnen angekeift worden: »Immer nur die Guten rauspicken, was! Hör auf mit deinen jüdischen Mätzchen!« Jetzt war Katja überzeugt, dass es dasselbe bedeutete wie »Jüdin«. Manche Leute waren »Jüdinnen«. Sie waren nicht normal, also machten sie jüdische Mätzchen.

Katja wusste, dass ihre Freundin Asisa Usbekin war. War Asisa »normal«? Usbekin zu sein war nichts Schlimmes. Asisa hatte Mandelaugen, dicke Wimpern und klimpernden Schmuck. An Asisas Geburtstag aßen sie Reis mit den Händen. Asisas Vater hatte einen großen Topf Pilaw gekocht und ihn mitten ins Zimmer gestellt. Sie saßen direkt auf dem Fußboden. Asisa, Asisas Eltern und ihre älteren Schwestern konnten sehr geschickt mit den Händen essen; sie falteten die Finger und transportierten kleine Portionen zum Mund, ohne jemals etwas fallen zu lassen. Katja konnte so nicht essen, und Asisas Vater sagte, sie dürfe essen, wie sie wolle. Katja nahm eine Hand voll Reis nach der anderen, hielt sie sich ganz dicht vor den Mund und schlürfte den Reis in sich hinein. Asisas Vater lachte und tätschelte Katja wohlwollend den Rücken. Er trug einen langen gestreiften Hausmantel und ein lustiges rundes Samtkäppchen auf dem Kopf. Asisas Mutter und Schwestern trugen hell schimmernde Kleider und darunter eine Art Schlafanzughose. Usbekisch zu sein machte Spaß. Wenn Katja schon »nicht normal« sein musste, warum konnte sie nicht wenigstens eine »Usbekin« sein?

Nina Domowa war fertig. Sie stand da, die Kette in der Hand, und blickte der Toilettenspülung nach. Ihre Strumpfhose und Unterhose waren noch immer unten, und sie hatte einen dicken roten Abdruck von der Klobrille am Po. Langsam zog sie sich die Strumpfhose hoch und das Kleid nach unten. Zögernd blieb sie vor einem der Waschbecken stehen, dann entschied sie sich gegen das Händewaschen und verließ den Waschraum.

»Du hast dünne Beine«, sagte Ira ohne Umschweife. Katja sah hinunter auf ihre dünngerippte Strumpfhose, die an den Fußgelenken Falten warf. An jenem Morgen hatte Katjas Mutter versucht, sie zu überzeugen, eine dickere Wollstrumpfhose anzuziehen. Aber Katja hatte sich geweigert, weil die Wollstrumpfhose immer so juckte. Jetzt wünschte sie, sie hätte auf ihre Mutter gehört. Sie wusste, dass sie dünne Beine hatte. Ihr älterer Bruder hatte schon oft zu ihr gesagt: »Wenn du noch einmal in mein Zimmer kommst, reiß ich dir die Beine aus und steck dir zwei Skistöcke in den Bauch. Merkt sowieso keiner den Unterschied!« Katja hatte keine Angst, denn sie wusste, dass er so etwas nicht tun würde. Dünne Beine zu haben hatte sie nie gestört, weil ihr nicht klar war, dass es sich dabei um etwas Jüdisches handelte.

Katja zuckte, als Ira ihr Gesicht berührte. Ira schob Katjas Haar beiseite, um ihre kleinen runden Ohren freizulegen. Katja schlug das Herz bis zum Hals – sie wartete, um zu erfahren, dass irgendetwas Schlimmes mit ihren Ohren sei. Was konnte es nur sein? Größe, Form, Farbe? Waren sie zu blass? Zu gelb? Sollten Ohren nicht eigentlich rosa sein? »Hmm«, sagte Ira, »deine Ohren sehen nicht jüdisch aus.« Katja seufzte vor Erleichterung und lächelte ihre lieben perfekten Ohren dankbar an. »Aber Ohren sind nicht so wichtig«, fuhr Ira fort. »Du bist trotzdem eine Jüdin.«

Katjas Lippen bebten – ihr war zum Heulen zumute.

»Tut mir Leid«, sagte Ira. »Ich dachte, du solltest es wissen.« Nein, Katja konnte auf keinen Fall vor Ira weinen. Sie hob den Kopf, damit ihr die Tränen nicht aus den Augen fielen, und versuchte, die Haltung und Miene Vera Orlowas anzunehmen, die in dem alten Film Katharina die Große spielte. »Ich frag mal meine Mutter. Bestimmt irrst du dich«, sagte Katja so würdevoll wie möglich und verließ den Waschraum.

KATJA WAR DEN REST DES TAGES apathisch. Sie hatte keinen Spaß an den Aktivitäten, die ihr sonst gut gefielen – Abzählspiele, Spazierengehen, mit den Händen Abdrücke im Schnee machen –, während ihr das, was sie sonst schrecklich fand, nichts ausmachte (von Jelena Borissowna vorgelesen bekommen, die Spielecke aufräumen, vor dem Spaziergang die Schnürsenkel zumachen). Katja war bei allem, was sie tat, wie benommen, zog sich zahllose Male ein Stirnrunzeln und sogar einige Grobheiten vonseiten ihrer Lehrerin zu: »Beweg dich!« – »Aufwachen, jetzt wird gesungen!« – »Steh auf von den Toten!«

Von Zeit zu Zeit warf Katja einen Blick in Iras Richtung. Nachdem sie Katja hinsichtlich ihrer Identität aufgeklärt hatte, ließ Ira sie links liegen. Sie saß still in der Ecke und versuchte, der Puppe Vera das verbliebene Auge mit einer Kinderschere aus Plastik auszustechen.

Katja hatte Ira angelogen, als sie sagte: »Bestimmt irrst du dich.« Sie war sich nicht sicher. Streng genommen hatte sie sogar den Verdacht, dass Ira die Wahrheit gesagt hatte. Noch hatte Katja ein wenig Hoffnung, dass ihre Mutter die Sache aufklären würde – immerhin waren ihre Ohren ja normal –, aber die Chancen standen schlecht, vor allem da sie nun wusste, dass Ohren nicht wichtig waren. Katja dachte an die wütende Frau im Gemüseladen. »Hör auf mit deinen jüdischen Mätzchen!« Plötzlich ging Katja auf, dass die Kundin, die sie damals angekeift hatte, Katjas Mutter gewesen war! Es war Katjas Mutter gewesen, die sich nur die guten Tomaten heraussuchen und die vergammelten hatte dalassen wollen. Katja wusste nicht, was daran schlecht war, aber offensichtlich war es so. Außerdem hatte ihre Mutter große, »nicht normale« Augen und eine nach unten zeigende Nase. Ihre Großmutter ebenfalls. Ihr Bruder ebenfalls. Den harten Mann zu markieren bewahrte ihn nicht davor, ein Jude zu sein. Sie alle waren Juden, und Katja auch.

Es war ungerecht. Katja hatte es nicht verdient, eine Jüdin zu sein. Sie war ein nettes, ruhiges Mädchen. Sie hörte auf ihre Mutter und ihre Großmutter. Na ja, meistens zumindest. Sie konnte zwar nicht besonders schnell essen, aber sie plauderte niemals während der Ruhezeit, machte niemals Spielsachen kaputt und stritt sich nie mit den anderen Kindern. Nur einmal hatte sie mit Asisa Streit, aber der dauerte nicht länger als ein paar Minuten. Bei dem Streit damals ging es um einen Jungen, in den sie sich beide verlieben wollten. Katja zog Asisa an den Haaren, und Asisa biss Katja in die Hand, aber dann beschlossen sie, dass Asisa sich in einen anderen Jungen verlieben würde, weil sie den ohnehin viel netter fand.

Katja wünschte, sie hätte damals diesen Jungen aufgegeben und ihn Asisa überlassen. Würde Asisa immer noch ihre Freundin sein wollen, wenn sie erfuhr, dass

Katja eine Jüdin war? Und wenn nicht? Und wenn Katja ab sofort nur noch allein spielen musste? Womöglich würde sie sogar allein am Tisch sitzen müssen. Es würde keine Rolle mehr spielen, ob sie langsam aß oder schnell, sie würde immer allein sein müssen.

DER TAG IN DER VORSCHULE neigte sich seinem Ende zu. Jelena Borissowna schmierte sich hellroten Lippenstift auf die großen Lippen. Die Kinder saßen auf den niedrigen Bänken, entwirrten ihre Wollschals, zogen sich die Mäntel an, hantierten mit den Knöpfen und Haken. Nina Domowa untersuchte ihre Schuhspitzen, indem sie langsam die Füße hob und hin und her drehte. Der fertig angezogene Wowa Libman wartete leise weinend neben dem Ausgang auf seine Mutter. Ira Baranowa befasste sich damit, den Pelzkragen ihres Mantels glatt zu streichen. Sie hatte Vera mit dem Gesicht nach unten in der Ecke zwischen den Garderobenschränkchen liegen lassen.

Katja hob Vera auf. Sie stellte fest, dass es Ira nicht gelungen war, das verbliebene Auge der Puppe auszustechen – es war immer noch da, leuchtend und gelassen wie immer. Katja schüttelte den Staub aus Veras strähnigen dunklen Locken. »Vera«, sagte sie und schluckte ihre warmen salzigen Tränen hinunter. »Ich bin eine Jüdin.« Vera war weder beeindruckt noch schockiert; sie starrte Katja mit unverändert sorgloser Miene an. Sie hatte kein Mitleid. Katja hätte die Puppe am liebsten geschlagen. »Weißt du was, Vera?«, sagte sie. »Kann gut sein, dass du auch eine Jüdin bist.« Katja schob ihr Gesicht näher an Veras heran. »Guck dir mal deine Augen an! Ach, Entschuldigung, dein Auge. Guck mal, wie groß und rund es ist. Findest du das etwa normal? Nein, ist es nämlich nicht.« Veras Nase lag dicht unter ihrer Stirn, und sie war so winzig, dass man sehr schlecht sagen konnte, ob sie nach oben oder nach unten zeigte. Katja musste weiter hinunter sehen, auf Veras Knöchel. »Guck dir doch mal deine Knöchel an, Vera. Findest du sie dick genug? Nein. Guck dir mal die Knöchel der anderen Puppen an. Siehst du nicht, dass sie viel dicker sind? Und deine Ohren!« Katja holte tief Luft: »Vera, du hast die jüdischsten Ohren, die ich je in meinem Leben gesehen habe!« Veras Miene war unverändert. Sie wirkte so gelassen wie eh und je. Katja starrte sie verwirrt an. »Ist dir das denn etwa egal, Vera?«

Nach und nach verließen die anderen Kinder den Raum und traten hinaus ins Treppenhaus, wo sie von ihren Eltern abgeholt wurden. Katja war die Letzte in der Schlange. Sie entdeckte ihre Großmutter, die in ihrem Pelzmantel und dem flauschigen Wollschal dastand und nach ihr Ausschau hielt, inmitten all der anderen Frauen in Mantel und Schal. Und wenn Vera, die Puppe, nun Recht hatte? Vielleicht war es ja gar nichts Schlimmes oder Besonderes, jüdisch zu sein? Katja sah sich um. Da war keiner, um ihr die Frage zu beantworten. Keiner weit und breit.

Mätresse

Der Dermatologe hatte eine Mätresse. Die ganzen letzten Wochen war es das Hauptgesprächsthema gewesen, in seinem weißen Wartezimmer mit den bunten dermatologischen Plakaten und der einsamen, schiefen Palme in der Ecke. An diesem Nachmittag saßen etwa acht Patienten, die meisten von ihnen Russen, auf den roten Glanzlederstühlen, denn die Praxis lag am Kings Highway in einem russischen Teil von Brooklyn. Bei diesem Arzt gab es sogar ein paar russische Zeitungen, zusammen mit veralteten *Time*- und *Sports Illustrated*-Ausgaben, in einem Zeitungsständer aus Plastik. Aber niemand interessierte sich dafür.

»Im November ist er mit ihr nach Aroba gefahren. Mit der Mätresse«, vertraute Mischas Großmutter gerade einer grauhaarigen Frau in Blazer, Turnschuhen und langem Rock auf Russisch an. »Aruba«, korrigierte sie Mischa in Gedanken. Er versuchte, in seinem Buch zu lesen, aber das aufgeregte Flüstern der Großmutter und ihre fetten, üppigen Begriffe wie »Aroba« und »Mätresse« lenkten ihn ab. Hin und wieder war sie bestrebt, eine Frau in einer grauen Baskenmütze anzusprechen, die neben Mischa saß. Dazu beugte sie sich über ihn und stellte ihren schweren Ellenbogen auf sein Knie, um sich zu stützen. Er musste sich sein aufgeschlagenes Buch gegen die Brust drücken und warten, bis sie fertig war, wobei er sich alle Mühe gab, sein Gesicht abzuwenden von ihrem Duftgemisch aus Schweiß, Baldrian und Dill. »Erst ist er mit seiner Frau in Urlaub gefahren, aber die Mätresse hat ihm eine Szene gemacht, und dann musste er auch mit ihr wegfahren. Die sind doch alle gleich, hab ich Recht?« Die grauhaarige Frau nickte. Irgendwann rückten weitere russische Patienten heran, um sich in das Gespräch einzuschalten. »Sie meinen, Dr. Levy hat eine Mätresse?« – »Ja«, sagte die grauhaarige Frau eifrig. »Er ist sogar mit ihr nach Aroba gefahren.« Und Mischas Großmutter sah sie vorwurfsvoll an, weil Aruba eigentlich ihre Sache war.

Jeden zweiten Donnerstag musste Mischa nach der Schule seine Großmutter zum Dermatologen begleiten. Er dolmetschte, denn die Großmutter sprach kein Englisch. Mischa machten diese Besuche nichts aus – es gab nicht viel zu übersetzen. Dr. Levy, eine kleiner dünner Mann mit dunklen Augenringen, warf bloß einen Blick auf die offenen Stellen an den Knöcheln der Großmutter, kritzelte etwas in seine Unterlagen und fragte: »Wie geht's?« – »Besser«, sagte die Großmutter auf Russisch, und Mischa übersetzte es ins Englische. Auch der Augenarzt und der Zahnarzt machten Mischa nichts aus. Zum Gynäkologen mitzugehen wurde ihm erspart, dank seiner Mutter und seinem Großvater. »Ein neunjähriger Junge hat in der Praxis eines Gynäkologen nichts verloren«, sagte der Großvater entschlossen, womit er alle verblüffte, denn seit sie nach Amerika gekommen waren, war es eine Seltenheit, ihn streiten oder überhaupt sprechen zu hören. Mischa war froh – aus irgendeinem Grund hatte er Angst vor schwangeren Frauen mit ihren aufgeblähten Bäuchen, dicken Fußgelenken und ihrem wackligen, herrischen Gang. Seine Mutter musste einige Stunden freinehmen, um die Großmutter zu begleiten. Sie klagte darüber und taxierte Mischa und den Großvater mit vorwurfsvollen Blicken.

Die allmonatlichen Besuche beim Internisten wurden Mischa nicht erspart. Der Doktor bat Mischa und seine Großmutter in seine funkelnde Praxis mit ihren cremefarbenen, mit Urkunden behängten Wänden und trat sicheren Schrittes hinter seinen großen Mahagoni-Schreibtisch. Da saß er, hoch gewachsen und schlank, mit seiner dichten blauweißen Mähne, dem roten Gesicht und den sehr sauberen weißen Händen, und hörte sich geduldig die Beschwerden der Großmutter an. Anders als andere Ärzte ließ er sie immer ausreden. Mischa wäre es anders lieber gewesen. »Mein Problem ist …«, begann sie immer mit vorauseilendem Seufzer. Sie rühmte sich, in der Lage zu sein, ihre Symptome anschaulich und präzise beschreiben zu können. »Du hättest Schriftstellerin werden sollen, Mutter«, sagte Mischas Vater einmal, als sie ihre Schweißausbrüche beschrieb als »heftigen Regenguss, der sich von unter der Haut heraus ergießt«. Mischas Mutter wirkte ratlos. Sie wusste nicht, ob sie über den Witz lächeln oder mit ihrem Mann schimpfen sollte. Sie entschied sich für das Lächeln. »Nein, Ärztin«, belehrte ihn Mischas Großmutter, an der die Ironie vorbeigegangen war. »Ich wäre Ärztin geworden, hätte ich mein Leben nicht meinem Mann gewidmet.«

Während sie mit dem Internisten sprach, starrte Mischa meist hinunter, folgte mit den Augen dem braunbeigefarbenen Schachbrettmuster des Fußbodens, das hier und da durch Möbelbeine und die Füße seiner Großmutter in ihren breiten schwarzen Turnschuhen unterbrochen wurde. Ihre Worte waren laut und deutlich, bekräftigt durch ein Ächzen oder einen Wechsel der Tonlage. »Seit Tagen habe ich keinen Stuhlgang, muss aber alle paar Stunden auf die Toilette. Ich spüre den Drang und gehe sofort auf die Toilette. Ich drücke und drücke, aber nichts passiert. Ich komme raus, habe aber das Gefühl, als hätte ich einen schweren Stein im Darm. Ich gehe also rein und probiere es von vorne.« Die Großmutter stemmte einen Fuß kräftig in den Boden, als es um den »schweren Stein« ging. Mischa betrachtete ihre dicken dunklen Strümpfe. Sie hatte sich einen Vorrat aus Russland mitgebracht, dazu verschiedene breit gestreifte Strumpfhalter. Mischa spürte, wie der Rand des Glanzlederstuhls unter seiner Umklammerung feucht und glitschig wurde. Er spürte außerdem, wie er im ganzen Gesicht errötete, vor allem an den Ohren. Er fragte sich, ob es dem Arzt auffiel, wie rot sie waren. Aber er sah Mischa gar nicht an; er sah der Großmutter mit geduldigem, höflichem Lächeln ins Gesicht.

»Komm schon«, dachte Mischa, »unterbrich sie. Du hast noch andere Patienten da draußen.« Doch der Arzt machte keinerlei Anstalten. Vielleicht nutzte er diese Momente, um mit offenen Augen ein Nickerchen zu halten. »Wenn's dann endlich geklappt hat, bin ich erschöpft, als hätte ich eine Schlacht gewonnen. Mein Kopf tut weh, und mein Herz fängt dermaßen an zu rasen, dass ich vierzig Tropfen Baldrian brauche und mich hinlegen muss und mindestens eine Stunde nicht zu gebrauchen bin.« Als die Großmutter fertig war, wandte sie sich zu Mischa. Auch der Arzt wandte sich mit derselben höflichen und geduldigen Miene zu ihm. Mischa spielte mit dem Gedanken, blitzschnell aus der Tür zu verschwinden, an der Sprechstundenhilfe und am Wartezimmer vorbei und auf die Straße hinauszulaufen. Er spielte mit dem Gedanken, rasch aus dem Fenster zu fliehen, einem großen sauberen Fenster mit dem Plastikmodell eines gespaltenen menschlichen Schädels auf der Fensterbank. Er sah sich schon ins Gras fallen, aufstehen und von der Praxis weglaufen. Doch er sprang nicht. Er blieb sitzen und überlegte, wie er um den »schweren Stein« herumkäme, oder um die Darstellung der Großmutter auf dem Klo. »Mhm … also …, meine Großmutter … Ihr Problem ist …, sie hat ein …, sie hat öfter Kopfschmerzen, und ihr Herz schlägt sehr schnell.« Der Doktor schenkte Mischa ein wohlwollendes Lächeln und stellte mit seinen schönen, sehr sauberen Händen ein Rezept aus. »Aspirin!«, beschwerte sich seine Großmutter später lauthals im Warteraum vor den anderen Patienten. »Was ist das nur mit den amerikanischen Ärzten! Ich sage ihm, ich bin verstopft, und er gibt mir Aspirin! Ist das denn zu fassen!« Die russischen Patienten zeigten bereitwillig ihr Mitgefühl. Mischa versteckte seine glühenden Ohren hinter dem *Großen Bildband der prähistorischen Welt*. Er wünschte, sie würden auf das unverfänglichere Thema der Mätresse des Dermatologen zurückkommen.

Einmal bekamen sie sie zu Gesicht. Sie warf die Tür auf und marschierte direkt durch Dr. Levys Tür, ohne ein Lächeln, den Blick starr geradeaus. Sie war eine korpulente Frau Ende dreißig mit kurzem rotbraunem Haar, in engen weißen Jeans und einer glänzenden Lederjacke. Sie stampfte in hochhackigen Stiefeln in den Raum, klimperte beim Gehen mit ihren goldenen Armreifen und baumelte mit ihrem Autoschlüssel. Alle im Zimmer verstummten und folgten ihr mit dem Blick, sogar Mischa. Sie hatte einen herrlichen, knallrot angemalten Mund. »Schamlose Person«, zischte jemand auf Russisch. Gut möglich, dass es Mischas Großmutter war.

*

ZU HAUSE MACHTE MISCHA in der langen weißen Küche seine Hausaufgaben, denn nach Meinung seiner Mutter war das der einzige Ort, wo vernünftige Lichtverhältnisse für ihn zum Arbeiten herrschten und wo es nicht allzu sehr zog. Etwa seit einem Jahr wohnten sie zu viert – er, seine Mutter, sein Großvater und seine Großmutter – in dieser Zweizimmerwohnung mit den dilettantisch gestrichenen Wänden, dem ausgeblichenen braunen Teppichboden und den Gebrauchtmöbeln. Alles in der Wohnung schien jemand anderem zu gehören. Mischa und seine Mutter schliefen im Schlafzimmer, Mischa auf dem Klappbett. Die Großmutter und der Großvater schliefen auf dem Schlafsofa im Wohnzimmer. Oder vielmehr war es die Großmutter, die, leise schnarchend, schlief. Der Großvater schien die ganze Nacht wach zu sein. Immer wenn Mischa aufwachte, hörte er, wie sich der alte Mann ächzend im Bett wälzte oder mit schweren Schritten auf dem knarzenden Küchenfußboden auf und ab ging.

In Russland hatten sie getrennte Schlafzimmer gehabt. Sie hatten sogar in verschiedenen Städten gelebt. Seine Großeltern lebten damals im Süden Russlands, in einer kleinen Stadt mit einer Unmenge Apfel- und Pfirsichbäume. Mischa und seine Eltern lebten in Moskau. Dann zog sein Vater mit einer anderen Frau zusammen. In Moskau hatte Mischa ein eigenes Zimmer, ein sehr kleines, nicht größer als sechs Quadratmeter, mit einer gemusterten Tapete mit winzigen Segelbooten. Mischa hatte sein eigenes Bett und seinen eigenen Schreibtisch mit einer Lampe in Form eines Krokodils. Seine Bücher standen ordentlich aufgereiht auf einem Bord über seinem Schreibtisch, und seine Spielsachen waren in zwei Sperrholzkisten neben dem Bett verstaut. Wenn seine Eltern Streit hatten, sagten sie: »Mischa, geh in dein Zimmer!« Aber in den letzten Monaten bevor sein Vater auszog, hatten sie nicht einmal mehr Zeit gehabt, ihn in sein Zimmer zu schicken. Sie stritten andauernd: Sie fingen plötzlich und ohne jede Vorwarnung an, mitten in einem neutralen Gespräch, beim Essen oder beim Schachspielen oder beim Fernsehen, und hörten erst auf, wenn Mischa schon im Bett war, oder sie hörten manchmal überhaupt nicht auf. Mischa ging freiwillig in sein Zimmer. Er saß auf dem kleinen Webteppich zwischen Bett und Schreibtisch, spielte mit seinen Bauklötzchen und lauschte dem gedämpften Gezeter seiner Eltern.

Mischa machte gern Hausaufgaben, obwohl er das niemals zugegeben hätte. Er legte sich seine schicken amerikanischen Lehrbücher so zurecht, dass sie fast den ganzen Tisch einnahmen. Mit Vorliebe malte er Landkarten aus, zeichnete Diagramme, löste Matheaufgaben;

er liebte sogar die Rechtschreibübungen – er freute sich beim Anblick seiner Handschrift, beim Anblick der festen, klaren, runden Buchstaben. Am meisten gefiel ihm, dass er bei den Hausaufgaben ungestört war. »Pscht! Michael lernt«, sagten dann alle. Sogar seine Großmutter, die meistens Essen kochte, während Mischa beim Lernen war, schwieg, oder fast – sie summte die Titelmelodie einer mexikanischen Seifenoper vor sich hin, die sie jeden Tag auf dem spanischsprachigen Sender verfolgte. Ihr Spanisch war kaum besser als ihr Englisch, aber sie sagte, bei den mexikanischen Sendungen brauche man keine Worte, um die Handlung zu verstehen. Ansonsten sah sie sich gern den Wetterbericht an, für den man auch keine Worte brauchte: Die Abbildung einer Sonne stand für einen schönen Tag, Regentropfen standen für Schauer, Regentropfen in mehreren Reihen für schwere Regengüsse. Mischas Mutter war dagegen, einen russischen Fernsehsender zu abonnieren, weil sie glaubte, es würde ihnen die Eingewöhnung in Amerika erschweren. Aus demselben Grund bestand sie darauf, dass man zu Mischa »Michael« sagte. Mischas Mutter hatte sich gut eingewöhnt. Sie schaute die Fernsehnachrichten, lieh sich amerikanische Filme aus und las amerikanische Zeitungen. Sie arbeitete in Manhattan und trug die gleichen Sachen zur Arbeit, die Mischa in den Zeitschriften im Wartezimmer gesehen hatte, nur waren die Röcke länger und die Absätze ihrer Schuhe nicht so hoch.

Das Problem mit den Hausaufgaben war, dass Mischa dafür nur etwa vierzig Minuten benötigte. Er versuchte, sie so weit wie möglich hinauszuzögern. Er löste auch noch sämtliche Matheaufgaben aus dem Teil »Zusatzaufgaben«. Er nahm ein eigenes Buch zur Hand, las darin und tat so, als hätte er es in Englisch aufbekommen. Er machte von Zeit zu Zeit Pause, als hätte er ein Problem, über das er nachdenken müsse, doch in Wahrheit saß er einfach nur da und beobachtete seine Großmutter beim Kochen.

Sie holte alle möglichen komischen Einkaufsnetze, Beutel, Plastiktüten, Papiertüten, Schüsseln sowie die zugedeckten Teller aus dem Kühlschrank und stellte sie auf die Küchentheke, wobei sie niemals versäumte, an allem erst einmal zu schnuppern. Dann öffnete sie die quietschende Ofentür, hielt dabei die Luft an und sagte: »Entschuldige bitte, Michael«, nahm Töpfe und Pfannen heraus, setzte sie auf den Herd, füllte Wasser in die einen und fettete die anderen mit Hühnerfett ein (sie hatte immer etwas Hühnerfett im Haus, da sie dem Öl nicht traute). Während die Töpfe und Pfannen auf dem Herd gurgelten und zischten, wusch und hackte die Großmutter den Inhalt der Päckchen und Schüsseln auf zwei Holzbrettern – eins für das Fleisch, das andere für alles andere. Mischa staunte jedes Mal, wie beweglich ihre kurzen Stummelfinger waren. Innerhalb von Sekunden verschwand eine Hand voll bunter Würfel nach der anderen in den Töpfen und Pfannen unter den abgesplitterten Emailledeckeln. »Ich war klug«, sagte die Großmutter immer wieder zu ihren Freundinnen aus dem Wartezimmer. »Ich habe alle meine Deckel mitgebracht. Es ist unmöglich, in Amerika einen passenden Deckel zu finden.« Die Frauen pflichteten ihr bei, irgendetwas war eindeutig nicht in Ordnung mit diesen amerikanischen Deckeln.

Um Hackfleisch herzustellen, benutzte die Großmutter einen handbetriebenen metallenen Fleischwolf, ebenfalls aus Russland importiert. Sie musste den Großvater in die Küche rufen, weil der Fleischwolf so schwer war. Sie konnte die Kurbel nicht selbst drehen; sie konnte sie nicht einmal bewegen. Gehorsam legte der Großvater die Zeitung hin und schlurfte in seinen Pantoffeln und mit derselben müden, resignierten Miene herein, die er aufgesetzt hatte, als er mit ausgebeulten Tüten, beschriftet mit einem breiten roten THANK YOU, hinter der Großmutter aus dem russischen Lebensmittelladen gekommen war. Er zog sein dunkel kariertes Hemd aus und legte es auf den Stuhl. (Die Großmutter bestand darauf. »Du willst dir doch nicht dein Hemd mit rohem Fleisch bekleckern!«) Er stellte eine Emailleschüssel mit Fleischwürfeln vor sich hin und befestigte den Fleischwolf an der Fensterbank. Er beugte sich darüber, in seinem weißen Unterhemd und den dunklen Wollhosen. Er hatte fünf gute Anzüge nach Amerika mitgebracht, die er damals in Russland immer zur Arbeit trug. Jetzt trug er die Hosen im Haus, und die Jacketts hingen mit Mottenkugeln in den Taschen im Schrank. Der Großvater packte die Kurbel des rostigen Fleischwolfs und drehte erst langsam und mühsam, dann immer schneller. Seine schwabbeligen, blassen Schultern bebten, und winzige Schweißperlen brachen auf seinen dicken Bäckchen, der langen Nase mit der runden Spitze und dem glänzenden Schädel aus. Manchmal riss sich die Großmutter vom Kochen los, um eine Bemerkung fallen zu lassen: »Was ist los, hast du krumme Finger?« Oder: »Da, hast schon wieder ein Stück fallen lassen.« So hatte sie in Russland nie mit ihm gesprochen. Wenn er in Russland von der Arbeit nach Hause kam, trug sie ihm eilig sein Essen auf und gab ihm sogar persönlich zwei Esslöffel saure Sahne in seine Schtschi. Der Großvater schlürfte geräuschvoll seine Suppe und redete viel während des Essens. Jetzt antwortete er der Großmutter nicht einmal mehr. Er stand einfach nur da, die Kurbel des Fleischwolfs mit gelblichen Knöcheln umklammert, und drehte noch ein wenig schneller, wobei sein Gesicht rot anlief und ihm blaue Äderchen aus dem Hals traten. Sein starrer Blick war aus dem Fenster gerichtet, auf etwas in weiter Ferne. Mischa dachte, er wolle vielleicht springen, genau wie Mischa neulich in der Arztpraxis. Aber ihre Wohnung lag im sechsten Stock.

Während das Essen kochte, holte die Großmutter ihre spezielle Zutat, Dill. Sie bewahrte die dunkel gewordenen, leicht verwelkten Büschel auf der Fensterbank auf, verteilt auf einem alten Stück Zeitung. Sie nahm eins davon und zerdrückte es mit den Fingern in einem Schälchen, um es über sämtliche Gerichte zu streuen. Beim Abendessen schmeckte alles nach Dill: Suppe, Kartoffeln, Eintopf, Salat. Streng genommen schmeckte das Abendessen selten nach etwas anderem als Dill – die Großmutter traute Gewürzen nicht; sie gab nur sehr wenig Salz und überhaupt keinen Pfeffer an ihr Essen. Mischa beobachtete, wie sie, in einem kastenförmigen dunklen Baumwollkleid, von einem Topf zum anderen wechselte, wie sie sich mit einem Tuch über ihr verschwitztes rotes Gesicht und die kurz geschnittenen grauen Haare wischte, wie sie Kartoffelschalen von der Küchentheke kehrte und dabei ächzte, wenn eine zu Boden fiel und sie sich danach bücken musste. Es war ihm ein Rätsel, weshalb sie sich so viel Mühe machte mit der Zubereitung dieser Mahlzeiten, die innerhalb von zwanzig Minuten, dazu noch schweigend, aufgegessen waren und nicht einmal schmeckten.

Mischa konnte nicht ewig so tun, als wäre er mit Hausaufgaben beschäftigt. Irgendwann wusste die Großmutter, dass er fertig war. Sie schaute sich die Wettervorhersage an, und wenn nichts auf eine Naturkatastrophe hindeutete, schickte sie Mischa mit seinem Großvater auf den Spielplatz. »Geh schon, geh schon«, keifte sie den Großvater an, der in seinem offenen karierten Hemd hinter einer Zeitung auf dem Sofa saß. »Geh schon, lauf ein bisschen mit dem Jungen, mach dich zur Abwechslung mal nützlich!« Und der Großvater erhob sich ächzend und ging zum Badezimmerspiegel, um nachzusehen, ob er eine Rasur nötig hatte, wobei er sich meist dagegen entschied. Dann knöpfte er sein Hemd zu, steckte das Hemd in die Hose und sagte mürrisch: »Gehen wir, Michael.« Mischa wusste, dass die Großmutter die Zeitung an sich riss, kaum dass sie aus dem Haus waren. Sie setzte ihre Brille auf (sie besaß zwei, beide aus billigem Plastik, eine hellblau, die andere rosa), um sich auf das quietschende Sofa fallen zu lassen. Breitbeinig saß sie da und las die Kleinanzeigen, die Heiratsanzeigen. Um die eine oder andere Anzeige malte sie mit einem roten Filzstift, den sie sich von Mischa borgte, einen Kringel, um sie später Mischas Mutter zu zeigen, die immer erst lachte, dann gereizt, dann ärgerlich wurde und dann mit der Großmutter schimpfte.

Den ganzen Weg zum Spielplatz, vorbei an den roten

Backstein-Hochhäusern und den Einfamilienhäusern mit kleinen Jungen in Jarmulkes und kleinen Mädchen in langen geblümten Kleidern, die auf dem Bürgersteig spielten, ging Mischas Großvater ein paar Schritte vor, die Hände im Rücken verschränkt, starr auf seine Füße blickend, ohne ein Wort zu sagen.

In Russland damals war es anders, vielleicht weil Mischa jünger war. Wenn er den Sommer bei seinen Großeltern verbrachte, ging der Großvater gern mit ihm in den Park und musste dazu nicht extra aufgefordert werden. Er redete viel, während sie die dunklen, dicht bewachsenen Waldwege entlangspazierten: über Bäume, Tiere, und wie faszinierend selbst die gewöhnlichsten Dinge unserer Umgebung sein können. Der kleine Mischa versuchte nicht, die Bedeutung dieser Worte zu begreifen. Er nahm sie einfach nur zusammen mit den anderen Geräuschen auf: dem Rascheln eines Baums, dem Krächzen eines Vogels, dem unschönen Schürfgeräusch, wenn er mit der Sandalenspitze über den Kies fuhr. Wichtig war ihm vor allem die Stimme seines Großvaters. Sie gingen mit langsamen Schritten, und Mischas kleine Hand lag sicher in der großen verschwitzten Hand seines Großvaters. Von Zeit zu Zeit musste Mischa seine Hand wegziehen und sie an der Hose abwischen, doch dann griff er eilig wieder nach der Hand seines Großvaters.

Jetzt, wo sie den Spielplatz erreicht hatten und den schwarzen schwammigen Boden betraten, sagte der Großvater: »Gut, geh du mal spielen, Michael.« Dann schlenderte er über den Platz und suchte die Bänke nach liegen gebliebenen russischen Zeitungen ab. Meistens fand er zwei oder drei. Er ging hinüber zu einem großen flachen Baumstumpf in derjenigen Ecke, die am weitesten weg war von den Domino-Tischen, wo sich eine aufgeheizte Menge alter russischer Männer versammelt hatte und wo alte russische Frauen auf den Bänken saßen, um über ihre eigenen Leiden und anderer Leute Mätressen zu diskutieren. Die ganze Stunde, die sie auf dem Spielplatz verbrachten, saß der Großvater reglos da, außer um hin und wieder die Seiten der Zeitung umzublättern. Mischa war unklar, wie er zu spielen hatte. Dreijährige auf ihren Dreirädern fuhren kreuz und quer über den weichen schwarzen Untergrund des Spielplatzes. Die Rutsche war von kreischenden Sechsjährigen okkupiert, und auf sämtlichen Schaukeln saßen Mütter mit kleinen Babys im Arm oder dicke Teenager-Mädchen, die ihren Hintern richtiggehend zwischen die Ketten quetschen mussten. Mischa stieg über die ausgespuckten Kaugummis und das geschmolzene Eis hinweg und steuerte auf die höchste Rutsche zu. Er kletterte bis ganz nach oben und kroch in die Plastikhütte. Dort saß er zusammengekauert auf einer niedrigen Plastikbank. Manchmal brachte er sich ein Buch mit. Ihm gefielen die dicken seriösen Bücher über alte Zivilisationen, archäologische Expeditionen und Tiere, die seit Millionen von Jahren ausgestorben waren. Aber die meiste Zeit war es zu laut zum Lesen. Dann starrte Mischa einfach hinunter, auf den Spielplatz, der in ständiger Bewegung zu sein schien wie ein großes rastloses Tier, und auf seinen reglosen Großvater.

DER AUFRUF ZUM ENGLISCHKURS war in großen dicken Lettern auf einen neonrosa Zettel gedruckt. Die

Farbe war so grell, dass man automatisch daran hängen blieb, egal, wo der Zettel gerade lag. Seit Anfang März flog er in der Wohnung herum: er lag auf dem Küchentisch, im Schlafzimmer auf einem zerknüllten Kissen, auf dem Boden der Toilette zwischen dem Besen und dem Macy's-Katalog, zwischen den Sofapolstern (die Großmutter zog ihn heraus, pustete den Staub ab, strich ihn glatt und schimpfte fürchterlich mit dem Großvater). Alle studierten ihn, lasen ihn oder warfen wenigstens einen Blick darauf. Sie besprachen, ob das etwas für den Großvater sei. Er passte genau auf die Beschreibung. Jedem legalen Einwanderer, der weniger als zwei Jahre im Land lebte und Grundkenntnisse in der englischen Sprache besaß, wurde angeboten, an einem dreimonatigen Kursus in amerikanischer Konversation teilzunehmen. »Idiomatik«, stand da in größeren Buchstaben. Und in noch größeren: »Gratis«. »Das ist eine hervorragende Sache!«, schwärmte Mischas Mutter beim Abendessen, während sie die Gräten aus ihrem Wels-Eintopf pulte. »Da unterrichten amerikanische Lehrer, echte Lehrer, Muttersprachler! Nicht diese alten russischen Omas, die ständig die Zeiten verdrehen und dann behaupten, dass sei klassische britische Grammatik.« Anfangs versuchte der Großvater, sie zu ignorieren. Doch Mischas Mutter war beharrlich. »Du bist doch ein lebendiger Leichnam, Vater! Denk doch nur, wie schön es wäre, wenn du eine Aufgabe hättest, etwas, worauf du dich freuen könntest.« Mischas Großmutter klapperte mit dem Geschirr, rückte quietschend mit den Stühlen und unterbrach diese Gespräche mit Fragen wie: »Wo sind denn die Streichhölzer? Ich habe sie doch gerade noch hier hingelegt.« Oder: »Findet ihr eigentlich, der Fisch ist verkocht?« Sie war eingeschnappt, weil niemand vorgeschlagen hatte, sie solle den Kurs belegen, auch wenn sie genau wusste, dass von »englischen Grundkenntnissen« bei ihr keine Rede sein konnte. Sie war allenfalls in der Lage, ihren Vornamen zu schreiben. Für den Nachnamen brauchte sie Mischas Hilfe. Aber Mischas Mutter ließ sich von der Fragerei und dem Geschirrklappern nicht beirren. »Du wirst in kürzester Zeit anfangen zu sprechen, Vater. Du kannst ein bisschen Grammatik, du hast ein Vokabular, du musst nur motiviert werden.« Der Großvater beugte den Kopf noch tiefer, nahm einen Schluck Tee und murmelte, das sei doch alles Unsinn und in ihrem Teil von Brooklyn brauche man so gut wie gar kein Englisch. »Und was ist mit den Arztterminen von dir und Mutter?! Michael und ich haben es allmählich satt, euch andauernd zu begleiten. Stimmt's, Michael?« Während sie das sagte, rückte Mischas Mutter die große Teekanne aus Porzellan zur Seite und konnte Mischas Gesicht auf der anderen Seite des Tisches gar nicht sehen. Mischa nickte. Es war beschlossene Sache: Der Großvater würde teilnehmen.

Am ersten Tag des Kurses nahm der Großvater eines seiner Jacketts vom Bügel und zog es über sein übliches kariertes Hemd. Er fragte Mischa, ob er ihm ein Notizbuch abtreten könne. Mischa gab ihm ein Notizbuch mit marmoriertem Deckel, einen spitzen Bleistift und einen Kugelschreiber. Der Großvater steckte alles in eine THANK YOU-Plastiktüte. Im Flur nahm er die Kiste mit seinen russischen Lederschuhen vom obersten Regal des Kleiderschranks und fragte Mischa, ob sie geputzt werden müssten. Mischa wusste es nicht, und so schob der Großvater die Kiste wieder zurück und zog seine Turnschuhe an. Er schlurfte hinaus zum Fahrstuhl, die THANK YOU-Tüte unter dem Arm.

Von da an aßen sie an zwei Abenden pro Woche – der Kurs fand montags und mittwochs statt – ohne den Großvater zu Abend. Seine Abwesenheit änderte nicht viel, bis auf die Tatsache vielleicht, dass Mischas Mutter und die Großmutter sich ein bisschen häufiger zankten. Meist begann es mit einem Ausschnitt aus einer russischen Zeitung, einer großen bunten Anzeige – LERNEN SIE AUF UNSERER PARTY DEN PARTNER FÜRS LEBEN KENNEN. PREIS: FÜNFZIG DOLLAR (SPEISEN UND GETRÄNKE INKLUSIVE) –, und endete damit, dass Mischas Mutter schrie: »Warum bist du eigentlich so wild darauf, mich unter die Haube zu bringen? Damit du gleich den Nächsten vertreiben kannst?«, und die Großmutter nach dem Baldrianfläschchen griff. »Ich habe nie etwas Böses zu deinem Mann gesagt«, sagte die Großmutter weinerlich. – »Aber dafür zu mir. War dir jedenfalls immer ein Ferngespräch wert!« – »Ich wollte dir nur die Augen öffnen!« Dann eilte Mischas Mutter aus der Küche, und die Großmutter rief ihr nach, wobei sie sorgsam die Tropfen zählte, die sie in ihre Teetasse gab: »Wie kann man nur so undankbar sein! Ich bin nach Amerika gekommen, um dir zu helfen. Deinetwegen habe ich alles zurückgelassen!«

Mischas Mutter war Mischas wegen nach Amerika gegangen. Das sagte sie einmal zu ihm, nachdem sie bei einem Elternsprechtag gewesen war. Sie kam nach Hause und sagte: »Komm mal mit mir ins Schlafzimmer,

Michael.« Er gehorchte und merkte dabei, wie seine Hände schweißnass und seine Ohren rot wurden, obwohl er genau wusste, dass er in der Schule nichts angestellt hatte. Seine Mutter saß am Bettrand und zog erst ihre hochhackigen Schuhe aus, dann die Strumpfhose. »Die Lehrerin meinte, du sagst nie etwas, Michael. Du sagst nie etwas. Weder während des Unterrichts noch in der Pause.« Sie massierte sich die blassen Füße mit den kleinen krummen Zehen. »Dein Englisch ist in Ordnung, du schreibst in deinen Tests hervorragende Noten. Du hast in jedem Fach hervorragende Noten. Und trotzdem schaffst du es nicht bis zur Klassenspitze!« Sie ließ ihre Füße in Ruhe und brach in Tränen aus, und ihr schwarzes Augen-Make-up begann zu zerlaufen. Schniefend sagte sie zu ihm, dass er – seine Zukunft – der einzige Grund gewesen sei, nach Amerika zu kommen. Dann ging sie ins Bad, um sich das Gesicht zu waschen, wobei sie ihre eingerollte Strumpfhose auf dem Fußboden liegen ließ – zwei weiche dunkle, verbundene Kreise. Vom Bad aus rief sie ihm zu: »Warum sagst du denn nie etwas, Michael?«

Es stimmte nicht, dass er immer nur schwieg. Wenn man ihm eine Frage stellte, gab er eine präzise Antwort, aber er versuchte, sich so kurz zu fassen wie möglich. Freiwillig meldete er sich nie zu Wort. Er registrierte alles, was in der Klasse gesagt wurde; er formulierte Bemerkungen und Gegenargumente im Kopf; er riss sogar Witze. Aber irgendwie wollten diese vorgeformten Worte einfach nicht aus seinem Mund. Er fühlte sich genau wie damals, wenn sein Vater samstags anrief. Mischa verbrachte eine ganze Woche damit, sich auf das Telefonat vorzubereiten; es gab tausend Dinge, die er ihm erzählen wollte. Im Kopf gab er alles wieder, was er in der Schule erlebt hatte; er beschrieb seine Mitschüler, seine Lehrer. Er wollte über all die Dinge reden, über die er etwas gelesen hatte, versunkene Städte, Vulkane und seltsame Tiere. In seinem Kopf lachte Mischa sogar und malte sich aus, wie er seinem Vater all die lustigen Geschichten erzählen würde, die er über die Dinosaurier gelesen hatte, und wie sein Vater mit ihm zusammen lachen würde. Aber wenn sein Vater anrief, wurde Mischa apathisch. Er beantwortete Fragen, sagte aber freiwillig nie etwas und fragte selbst auch nichts. Er saß zur Wand gedreht da, mit dem Telefon auf dem Bett, und knibbelte mit dem Fingernagel an den unterliegenden Farbschichten herum. Er hörte, wie sein Vater am anderen Ende der Leitung ungeduldig ein- und ausatmete. Vielleicht lag es an seinem Unwillen zu sprechen, dachte Mischa, dass sein Vater seit mehreren Wochen nicht mehr angerufen hatte.

JETZT MUSSTE AUCH DER GROSSVATER Hausaufgaben machen. Mischa kam von der Schule nach Hause und fand ihn am Küchentisch an Mischas angestammtem Platz, Notizbücher und Wörterbücher über den Tisch verteilt. Der Großvater bastelte sich sogar kleine bunte Kärtchen und beschriftete sie mit schwierigen Wörtern aus dem Wörterbuch: ein englisches Wort auf einer Seite, die russische Bedeutung auf der anderen. Er lernte mit großem Ernst und wollte dabei nicht gestört werden. Die Großmutter musste allein zum russischen Lebensmittelladen gehen und kam mit kleineren, leichteren Taschen zurück, da sie nicht so schwer tragen konnte. Der Fleischwolf wurde jetzt nicht mehr benutzt. Er landete im Schrank, zusammen mit den anderen nutzlosen Gegenständen aus Russland: Backbleche, ulkige Speiseformen, ein kleiner eingebeulter Samowar und ein Ding, um Sauerkirschkerne zu entfernen. Die Großmutter war darüber nicht glücklich. Sie murmelte vor sich hin, der ganze Haushalt laste auf ihren Schultern, und sie warf ihrem Mann dabei vorwurfsvolle Blicke zu. Mischas Mutter sagte: »Lass ihn bitte in Frieden – Vater muss etwas lernen. Es ist doch nur für drei Monate.« Mischa fragte sich, ob der Großvater genauso viel Spaß an den Hausaufgaben hatte wie er selbst. Er fragte sich außerdem, ob auch der Großvater schummelte und so tat, als würden die Hausaufgaben viel länger dauern als in Wirklichkeit.

Nach etwa drei Kurswochen beschloss der Großvater, die Schachtel mit den Lederschuhen aus dem Regal zu nehmen. Er ging in einen Schuhladen und kaufte sich ein kleines Fläschchen dunkelbraune Schuhcreme. Dazu musste er den englischen Begriff für »Schuhcreme« im Wörterbuch nachschlagen. Vor jeder Stunde putzte er sich eifrig mit einem Lappen die Schuhe. »Ich will nicht, dass die Lehrerin denkt, Russen seien Schweine«, murmelte er auf den starren Blick der Großmutter hin. Mit gebeugtem Kopf hockte er da, und sein Gesicht und sein Hals wurden sehr rot, genauso rot wie bei seiner Ankündigung, er mache nicht genug Fortschritte und müsse samstags Extrastunden nehmen. Die Großmutter war gerade dabei, den Küchenschrank einzuräumen. Mit zufriedenem Knall warf sie die weiße Schranktür zu. »Du lernst und lernst und machst keine Fortschritte!« Eines

Abends stand der Großvater vom Sofa auf, zog sich das Jackett an, steckte sich ein wenig Geld in die Tasche, ging zum Kings Highway und kam mit einem neuen Hemd zurück, hellblau mit dunkelblauen Streifen. »Es war im Ausverkauf«, erklärte er der Großmutter.

»›Es war im Ausverkauf!‹, sagt er zu mir, und das war's«, verkündete Mischas Großmutter im Warteraum des Dermatologen. »Würde ich ihn nicht kennen, würde ich denken, *er* hätte eine Mätresse.« Ihre Zuhörerinnen, zwei russische Frauen, die eine mit einer dicken, leuchtend lila Wollmütze, die andere mit einem einfachen schwarzen Modell, nickten ihr mitfühlend zu. »Aber ich kenne ihn.« Die Großmutter grinste und zog zur Betonung ihrer Worte eine Augenbraue hoch. Sie schenkte den Frauen einen vielsagenden Blick, beugte sich dichter zu ihnen heran und flüsterte etwas. »Und das geht schon seit mehreren Jahren so«, fügte sie hinzu. Die Frau mit der lila Mütze sagte: »Ist aber doch besser so.« Die Großmutter dachte über ihre Worte nach und sagte: »Ja, ja, natürlich, ist besser so.«

Mischa stellte sich seinen Großvater mit einer Mätresse vor, mit der Mätresse des Dermatologen, denn das war die einzige Mätresse, die er kannte. Er malte sich aus, wie sein Großvater mit ihr inmitten der anderen Pärchen am Ufer von Sheepshead Bay entlangspazierte, wie ihre Hand aus der glänzenden Lederjacke schaute, um die Hand des Großvaters zu nehmen, während in ihrer anderen Hand der Autoschlüssel baumelte. Dann malte er sich aus, wie sie dem Großvater einen Kuss auf die Wange gab und einen knallroten Lippenstift-Abdruck hinterließ. Der Großvater würde die Nase rümpfen und ihn schnell wieder wegwischen, genau wie Mischa, wenn ihm seine Mutter nach der Arbeit einen Kuss gab. Bei der Vorstellung, wie sich sein ernster Großvater energisch über die Wange reibt, musste Mischa lächeln.

Sheepshead Bay war das Ziel, das der Großvater jetzt mit Mischa auf ihren gemeinsamen Abendspaziergängen ansteuerte. In den ersten Wochen nach Beginn des Kurses gingen sie weiter auf den Spielplatz, doch die russischen Zeitungen fanden keine Beachtung mehr. Stattdessen nahm der Großvater seine bunten Karteikarten mit. Er verteilte sie auf dem Baumstumpf und beschwerte sie mit einem Stein, damit sie nicht verweht wurden. Manchmal las er die Wörter langsam, flüsternd vor sich hin oder bewegte nur die Lippen oder die Augen. Aber viel öfter blickte er sich mit ungläubiger Miene um, als ob er das alles zum allerersten Mal sähe. Dann eines Tages sagte der Großvater, er wolle einmal mit Michael nach Sheepshead Bay, um sich die Schiffe anzuschauen und Seeluft zu schnuppern. Die Großmutter protestierte erst, das sei zu weit und dort sei es windig und der Junge könne sich erkälten. Doch der Großvater war beharrlich, fast so beharrlich wie damals in Russland. Er sagte, der Junge brauche Bewegung, und damit basta.

In Sheepshead Bay blieben sie nicht stehen, um sich die Schiffe anzuschauen. Sie überquerten die ächzende Holzbrücke und gingen weiter am Ufer entlang, vorbei an Anglern, hohen Bäumen und verwitterten grünen Bänken mit einsam wirkenden Frauen. Als der Weg zu Ende war, kehrten sie um und liefen dieselbe Strecke noch drei- oder viermal. Der Großvater ging ein Stück vor, vielleicht eine Spur schneller als sonst, leicht hinkend in seinen steifen Lederschuhen. Er blickte starr geradeaus, wobei er sich hin und wieder umwandte, um zu den Bäumen und Bänken hinüberzuschauen. Ein paarmal hatte Mischa den Eindruck, der Großvater würde jemandem auf einer der Bänke zunicken. Beim Hinüberschauen rutschte er einmal auf dem Bürgersteig auf einem Fischkopf aus und wäre beinahe gestürzt. Mischa blieb immer wieder stehen, um sich die blitzblanken Angelausrüstungen anzusehen, die Fischköpfe und Schwänze, die als Köder verwendet wurden, und um einen Blick in die weißen Plastikeimer zu werfen, die meist leer waren. Wenn der Wind so stark blies, dass Mischas Ohren eiskalt wurden und es ihm fast die kleine Yankees-Kappe vom Kopf wehte, erhoben sich spitze dunkle Wellen, und Mischa sah, wie die Fische klatschend durchs Wasser sprangen. Er sah jemandem beim Einholen der Angel zu, folgte ihr mit den Augen, hielt den Atem an und befeuchtete sich die Lippen. Er hoffte inständig, wenigstens ein Mal zu erleben, wie jemand einen Fisch fing. Mischa war sicher, wenn der Kurs des Großvaters vorbei war, würden sie nicht mehr hierher kommen. Er müsste wieder in der Plastikhütte auf dem Spielplatz sitzen, wo es im Sommer heiß werden und nach verbranntem Gummi riechen würde.

DIE GROSSMUTTER HATTE ihre sämtlichen Termine auf einem großen Wandkalender vermerkt. Er hing neben dem Kühlschrank, ein bunter Fleck an der blassen Küchenwand. Er hieß »Berühmte russische Klöster«, war in Deutschland hergestellt und wurde in Brighton Beach verkauft. Unter einem prächtigen Hochglanzfoto vom

Kloster Sagorsk, mit seinen goldenen Zwiebeltürmchen vor einem leuchtend blauen Himmel, befand sich der Terminplan für Juni. Um den fünfzehnten, den Tag, an dem der Kurs des Großvaters zu Ende sein würde, war mit Mischas rotem Filzstift ein Kringel gezeichnet. »Siehst du, Vater, erst wolltest du nicht, aber wenn er vorbei ist, wirst du ihn vermissen«, sagte Mischas Mutter, als sie am Kalender vorbeikam, um ihren Teller in der Spüle abzuladen. Der Großvater zuckte nur mit den Achseln. Er schien in keiner Weise berührt von ihren Worten. Vielmehr war es die Großmutter, die jedes Mal, wenn die Sprache auf den fünfzehnten Juni kam, berührt, ja beschwingt wirkte. Große Dinge standen bevor. Die Großmutter sprach von den zehn Pfund Gurken, die ihr der Großvater aus Brighton Beach mitbringen musste. »Da kosten sie nur neunundzwanzig Cent pro Pfund! Ich werde sie einlegen.« Sie sprach auch von Pflaumen und Aprikosen, die sie für Marmelade brauchte, von Sauerkirschen, um Sauerkirschknödel zu machen, von harten Birnchen zum Marinieren, von Äpfeln für Apfeltorte. Sie warf sehnsüchtige Blicke in Richtung des verschlossenen Fleischwolfs und erzählte von einem wundervollen Rezept, von dem sie beim Zahnarzt gehört habe. »Ich werde Srasy machen. Anna Stepanowna sagt, mit Schalotten gelingen sie viel besser als mit Zwiebeln. Dafür werde ich jede Menge Rinderhack brauchen.« Dann entdeckte sie ein russisches Reisebüro mit Billig-Reiseangeboten für Senioren. »Wir fahren nach Boston, nach Washington, nach Philadelphia. Die Frauen in den Wartezimmern erzählen ständig davon, und ich sitze immer nur da und bin zu schüchtern, um den Mund aufzumachen. Und du kommst mit«, sagte sie zum Großvater. »Ich fahre nicht allein, als wäre ich nicht verheiratet. Die unverheirateten Frauen kriegen nämlich die schlechten Plätze ganz hinten neben dem Klo.« Mischa überlegte, dass es für seine Großmutter vielleicht gar keine so schlechte Idee wäre, neben dem Klo zu sitzen, aber er sagte nichts. Der Großvater sagte auch nichts. Er vergrub sich nur noch mehr in sein Lehrbuch.

AM ZWEITEN JUNI zeigte der Wetterbericht im Fernsehen eine kompakte graue Wolke und dichte, schräg fallende Regentropfen-Reihen. »Schwere Schauer«, verkündete die Großmutter, schaltete den Fernseher aus und ging in die Küche, wo Mischa und sein Großvater an ihren Hausaufgaben saßen. »Ihr bleibt heute Abend zu Hause.« Der Himmel im Fenster war größtenteils grau mit vereinzelten blauen Stellen. Mischa sah tiefer nach unten. Niemand hatte einen Regenschirm aufgespannt, und die graue Asphaltstraße war trocken und staubig. Er sah seinen Großvater an. Der Großvater warf einen prüfenden Blick in den Himmel, ehe er das Fenster ein paar Zentimeter hochschob, um seinen Arm hinauszuhalten. Heulend fegte der kalte Wind ins Zimmer, aber sein Arm, auch wenn er mit Gänsehaut überzogen war, blieb trocken. »Bevor es anfängt zu regnen, sind wir wieder da«, sagte er. Die Großmutter zuckte mit den Achseln.

Kaum hatten sie das Gebäude verlassen, fielen auch schon die ersten Regentropfen. Sie hinterließen dunkle Flecken auf dem Bürgersteig, aber ohne Mischa und seinen Großvater zu treffen. Dann fiel Mischa ein Tropfen direkt auf die Nasenspitze. Er wischte ihn weg. Kurz vor

Sheepshead Bay blieb der Großvater stehen und streckte die Handfläche aus. Ein paar Tropfen landeten dort. »Das ist doch wohl kein Regen, was meinst du, Michael?«, fragte der Großvater, wandte sich zu Mischa und wischte sich mit der feuchten Hand über das feuchte Gesicht. Mischa zuckte mit den Achseln. Sie blickten beide hinüber zur Bucht. Sie war nicht mehr weit, sie konnten schon die Schiffe sehen, die schmutzig grauen hohen Wellen und die Baumwipfel, tief gebeugt unter dem Druck des Windes. Zeitungsblätter, die wahrscheinlich auf den Bänken liegen geblieben waren, wurden hochgewirbelt. »Das ist kein starker Regen. Lass uns eine Runde drehen. Was meinst du?« Mischa nickte und hielt seine Kappe gut fest. Als Einzige, die in Richtung Park unterwegs waren, überquerten sie die Straße. Die meisten Leute eilten aus dem Park heraus. Große runde Regentropfen prasselten zu Boden, landeten einer nach dem anderen schmatzend auf dem Bürgersteig und verwandelten die kleinen nassen Flecken erst in komplizierte Muster, dann in Pfützen. Zögernd blieb der Großvater stehen und blickte hinüber zu den Bänken. Da war niemand zu sehen. »Ich denke, wir sollten allmählich nach Hause, Michael«, sagte der Großvater. »Es fängt an zu regnen.«

Der schwere Regenschauer erreichte sie, als sie an der Ampel auf Grün warteten. Der heulende Wind und der Regen waren so laut, dass sie nicht gleich hörten, wie jemand nach ihnen rief. Oder vielmehr, Mischa hörte es zwar, aber er begriff nicht sofort, dass es der Name seines Großvaters war, der da gerufen wurde. »Grigori Semjonowitsch! Grigori Semjonowitsch!« Seit sie aus Russland weg waren, hatte ihn niemand mehr beim Vornamen genannt. Eine ältere kleine Frau in braunem Regenmantel und mit einer Plastiktüte über dem Kopf stolperte in viel zu großen schwarzen Gummistiefeln auf sie zu. Mischa zupfte den Großvater am Ärmel, bis er stehen blieb und sich umwandte. »Grigori Semjonowitsch! Kommt mit zu mir, kommt schnell, sonst erkältet sich der Junge noch«, sagte sie keuchend und versuchte, Mischa ihre Plastiktüte über den Kopf zu halten.

*

IHRE WOHNUNG LAG IM OBERSTEN STOCK eines dreigeschossigen Gebäudes in der Straße gegenüber vom Park. Sie gingen hinauf durch ein dunkles Treppenhaus, in dem es nach etwas Unangenehmem roch. »Katze?«, dachte Mischa, der den Geruch von Katzen nicht kannte. Die Frau ging vor. Noch immer war sie außer Atem und sprach in kurzen, abgehackten Sätzen. »Armer Junge. Grigori Semjonowitsch. Wie konntest du nur. Bei so einem Wetter. Ich saß auf der Bank. Aber dann bin ich gegangen. Als es anfing zu regnen. Ich sah dich von der Straße aus. Ich mache mir Sorgen um den Jungen.« Der Großvater war auch außer Atem, und er schwieg.

Drinnen hatte Mischa nur einen Augenblick Zeit, um festzustellen, dass die Wohnung sehr klein und schummerig war, ehe ihm ein großes raues Handtuch, das nach ungewohntem Waschmittel roch, über Gesicht, Schultern und Rücken geworfen wurde. Er spürte, wie ihn die Frau mit raschen kleinen Handbewegungen abrieb. Ihm war kitzlig, und er hatte das Gefühl, niesen zu müssen.

»Ich heiße Jelena Pawlowna. Wir gehen zusammen

zur Schule, dein Großvater und ich«, sagte die Frau, nachdem Mischa und der Großvater trockene Trainingshosen abgelehnt, trockene Socken aber dankend angenommen hatten und nachdem ihre Schuhe mit Zeitungspapier ausgestopft und zum Trocknen ins Badezimmer gestellt worden waren. Sie saßen und tranken an einem einbeinigen runden Tisch in der winzigen Küche heiße Schokolade. Mischas Großvater und Jelena Pawlowna hatten die heiße Schokolade zusammen zubereitet. Der Großvater hatte kochendes Wasser aus dem Kessel gegossen, indem er ihn mit beiden Händen am hölzernen Griff festhielt. Jelena Pawlowna gab die Mischung in drei gelbe Becher und rückte sie näher an den Kessel. Sie sagten »Danke schön«, »Bitte« und »Dürfte ich« zueinander und lächelten viel. Sie sprachen wie die Figuren in den Tschechow-Stücken, die sich Mischas Mutter in Russland immer so gerne ansah, und doch spürte Mischa, dass die Sache mit seinem Großvater und Jelena Pawlowna kein Theaterstück war. »Wie heißt du«, fragte Jelena Pawlowna. »Michael«, sagte Mischa. »Michael?! Du siehst aber nicht aus wie ein Michael. Mischa würde viel besser zu dir passen. Darf ich dich Mischa nennen?« Mischa nickte, pustete vergnügt auf sein viel zu heißes Getränk (zu Hause gab die Großmutter meist einen Schluck kalte Milch dazu) und biss in ein Plätzchen mit köstlicher Himbeermarmelade. »Gekauft«, sagte Jelena Pawlowna. »Ich backe nicht selbst. Wozu die Mühe, wenn es in den Bäckereien so viele köstliche Sachen gibt? Nicht wahr? Aber das ist nicht der wahre Grund. Ich bin einfach eine sehr schlechte Köchin.« Mischa sah, dass sie sich dessen nicht schämte.

Jelena Pawlownas Wohnung war kleiner als ihre. Ein Zimmer mit Küche. Sie war genau wie ihre ausgestattet: ein hartes braunes Sofa aus einem russischen Billig-Möbelladen, ein zerkratzter Wohnzimmertisch und eine Kommode vom Sperrmüll, schwere Lampen vom Garagenflohmarkt. Zierliches russisches Teegeschirr und Bücher in einem dunklen Schrank mit Glastüren. Mischa las die Titel der gleichen Bücher, die auch sie aus Russland mitgebracht hatten – Tschechow, Puschkin, historische Romane mit dunklen, schwermütigen Umschlägen, Maupassant und Flaubert, ins Russische übersetzt, dicke Wörterbücher, Russisch–Englisch und Englisch–Russisch. Manche Titel waren von zwei großen Fotos verstellt. Auf einem sah man zwei ernst blickende Mädchen mit Lockenkopf, beide älter als Mischa. »Meine Enkelinnen«, sagte Jelena Pawlowna seufzend. »Sie leben mit meinem Sohn in Kalifornien.« Auf dem anderen Bild, in Schwarzweiß, sah man einen lächelnden jungen Mann in Uniform. »Ihr Sohn«, dachte Mischa, bis Jelena Pawlowna sagte, es sei ihr Mann.

Jelena Pawlowna hatte einen geflochtenen, am Hinterkopf zusammengedrehten Zopf. Mischa hatte noch nie eine alte Frau mit Zopf gesehen. Die losen Haare aus dem Zopf umrahmten ihr Gesicht und bildeten ein Rund aus flaumigen grauweißen Locken. Ihre Haut war trocken und dünn, mit säuberlichen kleinen Fältchen, die aussahen, als wären sie ihr mit Bleistift ins Gesicht gemalt. Ihre Augen waren klein und dunkel. Durch einen Tränenschleier las sie ihnen aus dem Brief von ihrer Schwester aus Leningrad vor. »Alles ist wie gehabt: die Newa, das Ufer, der Winterpalast; nur du, Lenotschka, bist nicht mehr da.« Bei diesen Worten tätschelte ihr der Großvater die Hand. Sie trug eine blaues Wollkleid mit Stehkragen, der ihren Hals verdeckte, und eine große Bernsteinbrosche. »Möchtest du dir mal meine Brosche ansehen, Mischa?«, fragte sie und machte sie los. »Meine Mutter behauptete immer, das da drin sei eine Fliege.« Mischa hielt das große unpolierte Stück Bernstein in der Hand. Oben war es kühl und glatt und am Rand entlang rau. Im Innern befand sich ein seltsames schwarzes sprießendes Gebilde, das ein wenig an Insektenbeine erinnerte. »Ich bin mir selbst nicht sicher, vielleicht ist es nur ein Riss«, sagte Jelena Pawlowna. »Weißt du, was das ist, Mischa, Bernstein?« – »Ja«, sagte er eifrig. »Das ist erstarrter Baumharz; solange er noch weich und klebrig ist, können sich Fliegen darin verfangen. Ja, ich glaube schon, dass es eine Fliege ist, aber eine verformte.« Mischa hob den Blick von der Brosche und wurde rot, als er sah, dass sowohl Jelena Pawlowna als auch sein Großvater sich über das, was er gesagt hatte, freuten.

Draußen war alles nass und erhellt durch den Regen. Als sie unter den Bäumen hergingen, regneten Schauer auf sie hinab. Sie gingen sehr schnell, dicht nebeneinander, und ihre nassen Schuhe schmatzten über den nassen schwarzen Asphalt. Sobald es aufgehört hatte zu regnen, hatten sie Jelena Pawlownas Wohnung verlassen. Ihre Schuhe waren noch feucht, doch sie nahmen die durchweichte Zeitung heraus und zogen sie trotzdem an. Jelena Pawlowna widersprach nicht, riet ihnen nicht zu warten, weil sich Mischa in feuchten Schuhen erkälten könne. Im Treppenhaus legte sie ihre trockene kleine Hand um seine und sagte: »Schau doch mal wieder vorbei, Mischa.« Aber Mischa hatte seine Zweifel, dass er sie jemals wiedersehen würde. Ihm war auch klar, dass sie zu Hause nicht erwähnt werden dürfte. Sie würden wahrscheinlich sagen müssen, sie hätten im Eingang irgendeines Gebäudes oder in einem Feinkostladen gewartet, bis der Regen vorbei war. Jelena Pawlowna, eine Frau mit grauem Zopf und einer Bernsteinbrosche, würde ein Geheimnis bleiben, das er mit dem Großvater teilte. Aus irgendeinem Grund hatte Mischa das Bedürfnis, die Hand des Großvaters zu nehmen, doch dann dachte er, dass ein neunjähriger Junge nicht an der Hand seines Großvaters gehen könne. Stattdessen begann er, über die Entstehung von Bernstein zu reden, von Vulkanen, Chamäleons, von Dinosauriern, die große Steine verschluckten, um sich das Zerkleinern ihrer Nahrung zu erleichtern, und von Krokodilen, die dieselbe Angewohnheit hatten. Er redete ohne Punkt und Komma, atemlos, stotternd, kichernd vor Aufregung, wobei er die eine Geschichte unterbrach, um die nächste zu erzählen. Er sah seinen Großvater an, der den Blick auf Mischa richtete, verblüfft nickte und von Zeit zu Zeit murmelte: »Unvorstellbar!«, oder: »Unvorstellbar, was sich die Geschöpfe alles einfallen lassen, um zu überleben!« Und Mischa wollte ihm noch viel mehr erzählen, um noch einmal und noch einmal dieses »Unvorstellbar!« zu hören. Kurz vor ihrem Gebäude, mitten in einer Geschichte über die Komodo-Drachen, blieb der Großvater plötzlich stehen. »Mischa«, sagte er, und es klang ein wenig atemlos. »Weißt du was, mein Kurs ist gar nicht am fünfzehnten Juni vorbei. Ich meine, schon, aber ich werde mir einen anderen Kurs suchen, und dann noch einen. Es gibt in Brooklyn jede Menge Gratis-Englischkurse, Mischa. Du ahnst ja gar nicht, wie viele es davon gibt!« Ein großer Regentropfen fiel aus einem Baum genau auf den Kopf des Großvaters. Er lief ihm über die Stirn, verharrte auf seiner großen Nase und blieb an seiner Nasenspitze hängen. Der Großvater schüttelte sich und schlackerte mit dem Kopf wie ein Pferd. Mischa lachte.

Montags, 9 Uhr: Liebeskunde

DIE DIREKTORIN, MARIA MICHAILOWNA, war eine hoch gewachsene, schwere Frau, weit über 200 Pfund, wobei ihr Unterkörper schwerer war als der Oberkörper. Die Schüler hatten ihr den Spitznamen »Birne« gegeben. Beim Gehen hinterließen die Absätze ihrer schwarzen Pumps tiefe Eindrücke im Linoleum. Ohne die Augen zu heben, sah ich, dass sie auf mich zusteuerte. Ich betete insgeheim, dass sie im letzten Moment die Richtung wechseln würde.

Aus meiner jüngsten Erfahrung als Schülerin wusste ich, dass es am besten war, den Blick gesenkt zu lassen, wenn ein Schulleiter auf einen zukam. Ich war keine Schülerin mehr, aber ich saß da und sah auf meine Knie, die unter meinem grauen Faltenrock hervorschauten. Ich hasste meine Knie. Sie waren hager, rot, oftmals zerkratzt oder mit blauen Flecken übersät. Die Knie eines kleinen Mädchens, nicht die einer Lehrerin.

Wir waren zweiundzwanzig und saßen im Lehrerzimmer an den Wänden entlang. Ich war die Jüngste. Streng genommen war ich gar keine Lehrerin; ich war achtzehn Jahre alt, erst im zweiten Studienjahr, aber die Schule brauchte so dringend jemanden, der Mathe unterrichtete, dass sie mich angeheuert hatte. Die anderen Lehrer waren Frauen im Alter zwischen dreißig und sechzig, bis auf Sergej, den Geschichtslehrer, der fünfundzwanzig war und männlich. Sämtliche Lehrerinnen trugen dunkle Röcke und Nylonblusen. Die meisten hatten eine herausgewachsene, flache Dauerwelle. Die jüngeren Lehrerinnen benutzten ein wenig Wimperntusche und Lippenstift, während sich die älteren überhaupt nicht schminkten und die gleiche billige gelbe Seife verwendeten, mit der die Schulwaschräume ausgestattet waren, wodurch ihre Gesichter und Hände unverkennbar nach Schule rochen.

Maria Michailowna las uns aus einer dünnen Broschüre vor, während sie durch den Raum marschierte. Sie hatte die tiefe laute Stimme eines Menschen, für den das Reden zum Beruf gehört. Meine Mutter hatte die gleiche Stimme – sie hatte jahrelang in Schulen und Fabriken Sitzungen zur politischen Bildung geleitet.

Obwohl Maria Michailowna sehr gut vorlesen konnte, schien niemand zuzuhören. Einige Lehrer plauderten, andere lasen die *Junge Moskauer*, eine Tageszeitung, die nichts als reißerische Geschichten abdruckte, eine Neuheit in Russland. Ein paar Tage zuvor hatte ich einen Artikel über eine Hündin gelesen, die ihrem Besitzer die Geschlechtsteile abgebissen hatte, nachdem der versucht hatte, sie zu vergewaltigen. Und einen Monat davor über eine Bande namens »Die Häuter«, deren Mitglieder dicke Menschen entführten, um ihnen die Haut abzuziehen und sie zu Fleischbällchen zu verarbeiten.

Zögernd blieb Maria Michailowna neben mir stehen und hielt mitten im Lesen inne. Sie verlagerte das Gewicht von einem Fuß auf den anderen, seufzte und berührte meine Stuhllehne. Ich hielt die Luft an. Doch dann ächzten die Holzdielen, und sie ging weiter. Ich atmete ein paarmal hastig ein und aus und hob die Augen. Sie bewegte sich eindeutig von mir weg, wobei sie mit der Broschüre auf ihrer Handfläche herumtrommelte.

Die Broschüre hatte den Titel *Sexualkunde: Die Thesen*. Das Bildungsministerium hatte sie in jenem Jahr an alle Schulen verteilt, um in der zehnten Klasse den Sexualkundeunterricht einzuführen. Ich hatte guten Grund zur Sorge. Immer wenn eine unangenehme Aufgabe oder eine Besorgung bevorstand, die niemand übernehmen wollte – Aufsicht führen bei den monatlichen Schulfeten und wöchentlichen Säuberungen des Schulhofs, Schulausflüge zum Lenin-Mausoleum begleiten, zur Bäckerei laufen, um für die Lehrer Kuchen zum Tee zu besorgen –, wählte Maria Michailowna mich aus, »unsere junge Kollegin«. Sie nannte mich immer nur »unsere junge Kollegin«. Ihre Verwendung des Wortes »jung« klang wie ein Stempel der Minderwertigkeit und des obligatorischen Scheiterns. Hin und wieder spähte sie während des Unterrichts in mein Zimmer, indem sie ihr rosafarbenes Gesicht durch die Tür steckte, ihren schweren Körper aber draußen ließ. Sie beobachtete mich ein paar Minuten lang beim Unterrichten, was dazu führte, dass ich schwitzte, stotterte, Wörter verdrehte und Kreide fallen ließ. Wenn einer meiner Schüler sich auch nur im Geringsten regte oder lächelte, sagte sie: »Schämt euch! Habt ihr keinen Respekt vor eurer Lehrerin?«, oder: »Wir wissen, sie ist jung und tut sich sehr schwer mit euch, also helft ihr! Zeigt ein bisschen Respekt!« Ich hielt die

Augen gesenkt und grub mir die Fingernägel tief in die Handflächen. Ich wünschte Maria Michailowna die schrecklichsten Dinge an den Hals. Ich fantasierte davon, sie würde von den Häutern geschnappt und zu einem Fleischbällchen verarbeitet werden.

Sergej war auch nicht sonderlich alt oder erfahren, aber zu ihm sagte Maria Michailowna nie »unser junger Kollege«. Sie nannte ihn »unseren männlichen Kollegen«, mit Wohlwollen und Ehrfurcht, als ob sein Geschlecht eine bewundernswerte Charaktereigenschaft wäre.

Sergej war natürlich gerade dazu ernannt worden, Sexualkunde bei den Jungen zu unterrichten. Es machte ihm nichts aus. Offenbar wusste er genug über Sex. Jeden Freitag stand draußen auf der Schulveranda ein anderes hochmütiges Mädchen in schönen ausländischen Kleidern und wartete auf ihn. Jeden Freitag beobachtete ich ihn vom Fenster meines Klassenzimmers aus, halb versteckt hinter den staubigen Flanellvorhängen. Um zwanzig vor vier tauchte Sergej in ausgeblichenen Jeans und dunklem Hemd auf der Veranda auf, die obersten zwei Hemdknöpfe offen, eine knittrige Jacke und ein zerdrücktes Zigarettenpäckchen in der Hand. Aus meinem Fenster im vierten Stock wirkte seine Haltung nicht ideal. Sergej war nicht sonderlich gutaussehend, aber das störte mich nicht. Er ging zu dem Mädchen auf der Veranda hin, lächelte es an, küsste es rasch auf die Wange und legte ihm den Arm um die Taille. Er schaute dem Mädchen mit verheißungsvollem Blick in die Augen. Ich ließ den Vorhang los und seufzte.

Nicht, dass ich in Sergej verliebt gewesen wäre. Das, was ich für ihn empfand, war nichts im Vergleich zu dem, was ich für Prinz Andrej in *Krieg und Frieden* empfunden hatte, oder für den Mathelehrer aus meinem Heimatort oder für den berühmten Schauspieler Alexej Batalow, der in *Neun Tage eines Jahres*, meinem Lieblingsfilm, einen todkranken Atomphysiker spielte. Ich war nicht in Sergej verliebt, aber es hätte mir gefallen, wenn er mich mit verheißungsvollem Blick angeschaut hätte.

Abgesehen von mir, war Sergej der Einzige, der Maria Michailowna zuhörte. Er saß da, nach vorn gebeugt, die spitzen Ellenbogen auf die Knie gestützt, die hellbraunen Augen ganz schmal vor Aufmerksamkeit, und wartete auf eine Gelegenheit, Maria Michailowna zum Narren zu halten, was er andauernd tat. Damals in der Schule gehörte er bestimmt zu diesen Schülern, die ihren Lehrern ständig provozierende Fragen stellten. Als Maria Michailowna sagte, unsere Schule rühme sich, mit der niedrigsten Rate ungewollter Schwangerschaften in ganz Moskau aufwarten zu können, fragte Sergej, wie hoch die Rate für gewollte Schwangerschaften sei. So jemanden hätte ich nicht gern in der Klasse gehabt. Aber Maria Michailowna störte sich nicht daran – sie erwiderte seine Spötteleien mit einem warmen, nachsichtigen Lächeln.

Maria Michailowna beendete ihre Vorlesung über die desaströsen Auswirkungen fehlenden Sexualkundeunterrichts an sowjetischen Schulen und fuhr fort mit einem Kapitel, in dem diejenigen Länder lobend erwähnt wurden, wo Sexualkundeunterricht gang und gäbe war. Beim Lesen klimperte sie mit ihren dick geschminkten Wimpern, und ihre Nasenspitze bewegte sich auf und ab. »In den Vereinigten Staaten wissen bereits die *Zehnjährigen*, wie man ein Kondom benutzt!« Sergejs Augen blitzten vor Aufregung. »Zehnjährige und Kondome! Ich frag mich, über was sie die drüberziehen.«

Ich senkte den Blick und unterdrückte ein Kichern, indem ich mir auf die Unterlippe biss und mir die Fingernägel in die Knie grub. Dennoch entfuhr mir ein kleines Quietschen, genug, um Maria Michailownas Aufmerksamkeit auf mich zu ziehen. »Ja, ihr jungen Leute habt gut lachen!« Als ich den Kopf hob, musterte sie mich mit ihrem berühmten vieldeutigen Lächeln. »Ihr glaubt, ihr wüsstet alles und wir älteren Leute wüssten nichts. Nun, jetzt könnt ihr endlich andere an eurem Wissen teilhaben lassen.« Sie knallte mir die Broschüre auf den Schoß, und ihr Lächeln gefror. Ich sah, dass sie es ernst meinte. Ich sah außerdem, dass die Entscheidung lange vor dieser Sitzung schon feststand und dass ich nicht das Geringste dagegen hätte tun können. Alle starrten mich an: zwanzig Lehrerinnen mit schlechter Dauerwelle, eine unbeirrbare Schulleiterin und ein hämisch grinsender Sergej.

ZU HAUSE SASS ICH AUF DER KANTE des schmalen Bettes, wo ich schlief, und starrte auf die Broschüre. Meine Tante Galja hatte mir das hintere Zimmer ihrer Wohnung zur Verfügung gestellt, als ich mein Studium an der Moskauer Universität aufnahm. Das Zimmer war so klein, dass meine Füße an den Schrank stießen, wenn ich auf dem Bett saß.

Ich hatte mir die Broschüre zweimal durchgelesen, aber auch wenn ich sie mir zehnmal durchgelesen hätte, hätte es nichts genützt. Die Autoren hatten die Wichtigkeit des Sexualkundeunterrichts klar hervorgehoben und sämtliche zu behandelnden Themen aufgeführt, aber es gab nichts, kein Wort, nicht einmal einen Hinweis darauf, was man als Lehrer zu diesen Themen denn genau sagen sollte. Am Montag würde ich das Klassenzimmer betreten und den Zehntklässlerinnen verkünden müssen, dass ich hier sei, um Sexualkundeunterricht zu geben. Würden sie lachen, oder würde Grabesstille herrschen? Würden sie bohrende Fragen stellen? Würden sie lachen, während ich nach Antworten rang? Wahrscheinlich würden sie nur vielsagende Blicke, ein angedeutetes Lächeln, ein listiges Zwinkern austauschen. Sobald ich ihnen den Rücken zuwandte, würde ich unterdrücktes Gekicher hören und dieses Prickeln in meinem Rückgrat spüren, wie immer, wenn ich merkte, dass ich nachgeäfft wurde.

Ich begann zu weinen, und eine Träne fiel in die aufgeschlagene Broschüre auf meinem Schoß. Sollte sie ruhig durchnässt werden. Es war sinnlos. Ich wollte zu meiner Mutter, die in unserem kleinen Heimatort war, hunderte Kilometer von Moskau entfernt. Aber ich würde mich hüten, sie anzurufen. Ich würde bloß sofort anfangen zu heulen, und ihre knackende Stimme wäre wegen der schlechten Verbindung kaum zu verstehen. In den letzten Monaten zu Hause hatte mich alles an meiner Mutter genervt, ihre Fragen, ihre Vorschläge, ihr endloses Drängen – selbst ihre Stimme. Ich konnte es kaum erwarten, in den Zug nach Moskau zu steigen und in mein neues Leben aufzubrechen. Am Bahnhof machte ich mir nicht einmal die Mühe, ihr einen Kuss zu geben, ehe ich die Stufen hinauf und in den Zug stieg. Dann sah ich sie auf dem Bahnsteig stehen und die verschmutzten

Zugfenster nach mir absuchen. Rasch winkte ich ihr zu und trat vom Fenster zurück.

Ich wünschte, ich hätte jemanden, egal wen, zum Reden gehabt. Seit knapp über einem Jahr lebte ich in Moskau, hatte zu meinen Freundinnen aus der Schule den Kontakt verloren und auch keine neuen Freundschaften geschlossen. Die Moskauer Mädchen wirkten zu überheblich und zu gut angezogen, als dass ich sie hätte ansprechen mögen. Wenn ich mich mit ihnen unterhielt, zogen sie die Augenbrauen hoch, als würde ich eine fremde Sprache sprechen und als könnten sie mich nur mit Mühe verstehen. Die Mädchen, die wie ich aus einer Kleinstadt an die Universität gekommen waren, wohnten alle auf dem Unigelände. Sie hatten sich sofort zu einem Kreis mit eigenen Interessen zusammengeschlossen. Sie diskutierten darüber, wie man verbotene elektrische Teekessel benutzte, wie man Kleider auf verrosteten Heizungen trocknete und wie man nachts heimlich Jungs aufs Zimmer schmuggelte. Sie tauschten Informationen darüber aus, wie man mit einem Kater, Überschwemmungen im Klo und den unfreundlichen Moskauern fertig wurde. Ich gehörte nicht dazu. Schon indem ich bei meiner Tante wohnte, gehörte ich nicht dazu. Hinzu kam, dass sie mich für eine Moskauerin hielten, eben weil ich bei meiner Tante wohnte.

In der lackierten Oberfläche des Schranks sah ich mein verzerrtes Spiegelbild. Ich zog die Knie unters Kinn und rückte näher an die Wand. Über meinem Kopf hingen Fotos von Tante Galjas verstorbenen Männern, Onkel Iwan und Onkel Boris, leicht verrutscht auf der vergilbten Tapete. Iwan war auf dem Bild Mitte zwanzig und

Boris Mitte fünfzig; beide Männer hatten Knollnasen und kleine schwermütige Augen. Sie hätten Vater und Sohn sein können. Jeden Morgen kam Tante Galja in mein Zimmer, stieg aufs Bett, spuckte auf das Glas und wischte mit einem Geschirrhandtuch über die Bilder.

WÄHREND ICH MIR DIE TRÄNEN trocknete, hörte ich Tante Galja durchs Wohnzimmer laufen. Das Geschirr klimperte, während sie auf und ab lief, schief vor sich hin summte und sich hin und wieder räusperte – alles das geschickte, subtile Andeutungen, dass sie meine Gesellschaft wünschte. Irgendwann wurde das Summen und Räuspern lauter und beharrlicher, und bald darauf tauchte Tante Galja in der Tür auf und fragte, ob ich nicht Lust hätte, eine Tasse Tee zu trinken. Ich würde aus dem Zimmer kommen und so heiter wie möglich tun müssen. Tante Galja war eine entfernte Verwandte meiner Mutter. Streng genommen waren sie sich nur ein paarmal begegnet. Es war sehr großzügig von ihr gewesen, mich hier wohnen zu lassen. Meine Mutter wäre verrückt geworden vor Sorge, wenn ich mir mit drei anderen Mädchen – mit drei »besoffenen Schlampen«, wie sie sagte – ein Zimmer im Studentenwohnheim hätte teilen müssen. Und es wäre überaus undankbar von mir gewesen, einen Schluck Tee und Tante Galjas Geschichten auszuschlagen.

Die Geschichten drehten sich entweder um Tante Galjas verstorbene Ehemänner oder um ihre unzähligen Verehrer. Im Verlauf des Jahres hatte ich ihre sämtlichen Namen, Laster, Angewohnheiten und körperlichen Eigenheiten erfahren. Zum Beispiel hatte ich erfahren, dass

Onkel Boris einen behaarten Rücken, Onkel Iwan kleine Eier und Onkel Iwans bester Freund sogar noch kleinere Eier hatte.

Fast jeden Abend tauchte Tante Galja in meiner Tür auf, wobei sie sich ihren ausgewaschenen seidenen Hausmantel vor den großen Brüsten zuhielt. Ihr Hausmantel war einmal ein Kimono gewesen, aber sie hatte auf der einen Seite Löcher hineingeschnitten und auf der anderen Seite Knöpfe angenäht. Wenn sie wollte, konnte sie ihn zumachen, aber sie wollte nie. »Komm, trink mit mir eine Tasse Tee.« Dabei gab es bei Tante Galja gar keinen Tee. Ich hatte meine Zweifel, ob sie überhaupt Tee oder eine Teekanne besaß oder auch nur einen Topf. Tante Galja war keine große Köchin. Meist aß sie in der Fabrik, in der sie arbeitete. Am Wochenende aß sie ein belegtes Brot mit Mortadella zum Frühstück, ein belegtes Brot mit Mortadella zu Mittag und Pralinen zu Abend. Jedes Mal, wenn ich aus meinem Zimmer kam, um »eine Tasse Tee« zu trinken, stellte Tante Galja eine große glänzende Pralinenschachtel vor mich auf den Tisch und eilte in die Küche. Sie kam mit einem Einmachglas voll trüber grünlicher Flüssigkeit zurück. Es war Selbstgebrannter. Sie stellte ihn selbst her, jeden Samstag eine frische Ladung, und füllte ihn in Gläser mit alten, verblassten Etiketten: ERDBEERMARMELADE, EINGELEGTE GURKEN, AUBERGINENKAVIAR. Sie schenkte sich den Schnaps aus dem Einmachglas in ihr geschliffenes Trinkglas, trank langsam, aß dazu eine Praline und schenkte sich erneut ein. Im Verlauf eines Abends trank sie nie mehr als einen halben Liter. Sie vertrug nicht mehr so viel wie früher. Obwohl erst siebenundfünfzig, wirkte sie älter, und ihr

Magengeschwür hatte ihren Teint fahl werden lassen. Die Abende verbrachte sie zu Hause, hörte Radio oder lag einfach nur auf dem Sofa.

TANTE GALJAS SCHRITTE verstummten. Sie musste sich hingesetzt haben. Ich hörte, wie das Einmachglas unsicher klimpernd gegen den Rand des Trinkglases stieß. Statt des Summens war jetzt immer wieder ein gedehntes, betrunkenes Gähnen zu hören. Das hieß, sie würde bald einschlafen und ich müsste nicht mehr aus dem Zimmer, um ihr zuzuhören. Doch irgendwie war ich enttäuscht, was mich selbst verwunderte. Sogar ihre Geschichten wären noch besser gewesen, als hier allein zu sitzen und mein ruiniertes Leben zu betrauern. Ich ließ mich auf mein hartes Bett plumpsen und fing wieder an zu weinen, wobei diesmal Tante Galjas Kopfkissen dran glauben musste. Ich wollte meine Mutter. Und wenn schon nicht meine Mutter, dann zumindest mein eigenes Kissen, nicht dieses kleine steife Ding mit dem albernen Spitzenbesatz.

AM MONTAGMORGEN GING ES MIR wieder besser. »Vielleicht wird es ja gar keine solche Katastrophe«, dachte ich. Ich ging vorbei an den riesigen grauen Moskauer Häuserblocks in Richtung Schule, und die frische Luft brannte auf meinen Wangen, als wäre es schon Winter. Die Bäume hatten bereits kein Laub mehr, lagen aber noch nicht unter Schnee. Dadurch sahen die Straßen breiter aus. In meiner ersten Zeit in Moskau hatten die Straßen befremdlich und feindselig auf mich gewirkt. Doch nach ein paar Monaten waren sie mir ans Herz gewachsen. Die Moskauer Straßen waren wie große Flüsse: breit, endlos, strömend. Alles – Autos, Menschen, Herbstlaub – war unablässig in Bewegung, und ich fühlte mich als Teil davon, während ich rasch mit flatterndem Schal voranschritt. Im Fenster eines Supermarkts warf ich einen Blick auf mein Spiegelbild. Sogar in der schmutzigen, schlecht geputzten Scheibe erkannte ich, dass ich hübsch aussah.

Die Griffe meiner übergroßen Segeltuchtasche gruben sich schmerzhaft in meine Handflächen. Die Tasche war schwer wegen des Buches, das ich mir am Wochenende aus der Bibliothek ausgeliehen hatte. Es war 980 Seiten dick und hieß *Das Wesen der Sexualität*. Es war von mehreren Autoren verfasst, jeder mit einem Doktortitel vor dem Namen. Es war das einzige Buch in der Bibliothek mit dem Begriff »Sexualität« im Titel. Ich verlagerte die Tasche in die andere Hand. Ihr Gewicht hatte etwas Beruhigendes. Darin befand sich außerdem noch ein buntes zusammengefaltetes Plakat, das ich am Abend zuvor aus dem *Wesen der Sexualität* abgemalt hatte.

Ich wusste noch, dass ich vor meiner ersten Mathestunde auch Angst hatte, aber dann war sie doch ganz gut gelaufen. Niemand hatte mich nachgeäfft, niemand hatte mir ins Gesicht gelacht. Die Schüler saßen still über ihre Hefte gebeugt, ich machte nichts falsch, und die Stimme versagte mir nur zwei- oder dreimal. Vielleicht würde mein Sexualkundeunterricht ja auch gut laufen. Ich hatte mein Buch und mein Plakat, und es war ja nicht so, als hätte ich gar keine Erfahrung. Ich war keine Jungfrau mehr. Oder zumindest hoffte ich das. Streng genommen war ich mir nicht völlig sicher.

Ich war ein paar Minuten früher als üblich in der Schule, damit ich genug Zeit haben würde, mein Plakat an der Tafel zu befestigen. Ich breitete es über den Tisch und nahm acht rostige Reißzwecken aus der Schublade. Das Plakat, das ich angefertigt hatte, indem ich acht normale Seiten aneinander geklebt hatte, war groß. In der Mitte befand sich eine bunte Darstellung der weiblichen Geschlechtsorgane, aus der die lateinischen Begriffe feuerwerkartig hervorschossen. Tante Galja hatte einen Blick in mein Zimmer geworfen und gefragt, ob das »Hühnerklein« sei, was ich da zeichnete. Dabei hatte es mit Hühnerklein keinerlei Ähnlichkeit! Ich hatte die Farben gut getroffen, und besonders zufrieden war ich mit dem leuchtenden Lila der Gebärmutter, was mir gelungen war, indem ich Blau mit Rot übermalt hatte. Mit den Formen und Größenverhältnissen war ich allerdings nicht ganz so glücklich. Es hatte sich als schwierig herausgestellt, das Plakat achtmal größer als die Abbildung im Buch hinzubekommen und dabei die richtigen Proportionen beizubehalten. Jetzt erst sah ich, dass ein Eierstock größer war als der andere. Aber zumindest war das Plakat bunt und ein Blickfang. Sogar Furcht einflößend. Und das war eine gute Sache.

Meine Mathestunden begann ich meist damit, irgendwelche schwierigen Gleichungen an die Tafel zu schreiben, die die Schüler innerhalb von zehn Minuten lösen mussten. Das nannte ich »Aufwärmübungen«, wobei mein wahres Ziel darin bestand, die Schüler einzuschüchtern. Ich kam ins Klassenzimmer gestolpert, in den Pumps meiner Mutter, mit rauen Lippen und kaltem Schweiß, der mir zu beiden Seiten des Körpers herunterrann. Und da saßen sie, alle neununddreißig, groß, selbstgefällig, gruselig. Alles an ihnen war gruselig: die picklige Stirn und die roten Finger, die blaue Uniform, dunkel unter den Armen, die Stimmen im Stimmbruch, die riesigen Füße der Jungen, die unbeholfenen Schminkversuche der Mädchen. Sie wären gut und gern in der Lage, mich total fertig zu machen. Mathe war meine einzige Waffe, denn das konnte ich und sie nicht. Ich stellte ihnen eine Aufgabe nach der anderen. Ich ließ alle paar Tage einen Test schreiben und gab ihnen irrsinnig schwere Hausaufgaben auf. Ich benotete sehr streng. Sie konnten sicher sein, dass mir kein einziger Fehler entgehen würde. Selbstverständlich lächelte ich niemals in meinem Unterricht. Hinter meinem Rücken nannten mich meine Schüler »die Mathe-Bestie«, oder einfach nur »die Bestie«. Das störte mich nicht. Sie hatten Angst vor mir. Ich hatte sie unter Kontrolle.

Die letzte Reißzwecke knickte um, anstatt sich in die Tafel zu bohren. Ich bog die Spitze wieder gerade und drückte sie hinein, ehe ich mir die Finger massierte und zur Seite trat, um mein Werk zu bewundern. Ja, das sah gruselig genug aus. Ich zog die Leinwand herunter, um das Plakat damit zu bedecken, bis es Zeit war. Ich war bereit.

Langsam betraten die Mädchen das Zimmer, das befremdlich wirkte mit den Lücken, wo sonst die Jungs saßen. (Die Jungen hatte man zu ihrem Sexualkundeunterricht in Sergejs Klassenzimmer im selben Gang gegenüber gebracht.) Es war ungewöhnlich ruhig. Die Mädchen rückten vorsichtig mit den Stühlen, um Kratzgeräusche zu vermeiden, sprachen im Flüsterton und tauschten schüchterne Blicke aus. »Guten Morgen!«, sagte ich. Klar und deutlich schallte meine Stimme durch das stille Klassenzimmer. Obwohl ich zu Beginn jeder Mathestunde genau dasselbe sagte, war ich auf die Reaktion der Mädchen jetzt nicht vorbereitet. Statt zu stöhnen, dann zu seufzen und dann in ihre Hausaufgaben zu spähen, sahen sie mich mit seltsamen, erwartungsvollen Mienen an. War das etwa Interesse? Ich war mir nicht sicher, denn ich hatte meine Schüler noch nie interessiert gesehen. Dann ging mir etwas auf, etwas, das mich zum Lachen gereizt hätte, wäre ich nicht so nervös gewesen. Sie sahen mich als ihre Lehrerin an. Sie glaubten, ich würde über ein bestimmtes Wissen in Sachen Sex verfügen, so wie ich über ein bestimmtes mathematisches Wissen verfügte. Aber anders als Mathe war Sex eine Sache, über die sie unbedingt etwas erfahren wollten. Ein Mädchen in der ersten Reihe trommelte mit dem Fuß auf den Boden. Ein anderes Mädchen am Fenster rieb sich mit dem Deckel ihres Füllers über die Pickel auf ihrer Stirn. Meine beste Matheschülerin, die hübsche Sweta Sotowa, drehte sich ihre aschblonden Locken um den Finger. Auf einmal schienen mir diese Mädchen gar nicht mehr so groß oder lang oder erwachsen. Sie waren Mädchen, fast wie ich damals ein Mädchen war, mit Müttern, die zu ihnen sagten: »Das erfährst du, wenn es so weit ist.« Der Boden schwankte unter meinen Füßen. Und wenn nun die Mädchen gar nicht meine Feinde waren? Nein, ich durfte mich von ihnen nicht täuschen lassen. Ich würde nicht weich werden. Erst würde ich sie mit meinem Plakat willig machen, um sie dann mit der lateinischen Terminologie in den Boden zu stampfen.

Ich enthüllte mein Plakat und sprach den Satz, an dem ich schon seit zwei Tagen herumfeilte: »Wir werden unseren Unterricht damit beginnen, etwas über diejenigen Organe zu lernen, die für die geschlechtlichen Funktionen des weiblichen Körpers verantwortlich sind.«

TANTE GALJA WAR HEUTE FRÜHER nach Hause gekommen und kochte sich etwas, als ich die Wohnung betrat. Kaum hatte ich die Wohnungstür aufgeschlossen, kamen mir heiße Schwaden aus der Küche entgegen, und der süßliche Duft von angebrannter Milch sickerte in den Flur. Unter dem Deckel des großen Aluminiumtopfes schien etwas vor sich hin zu gurgeln. Diesen Topf sah ich zum ersten Mal. Tante Galja musste ihn sich von einer Nachbarin ausgeborgt haben, zusammen mit der grünen Schürze, die sie über ihren »Kimono« gebunden hatte. Sie stand am Herd, in der einen Hand ein Geschirrtuch, in der anderen einen Holzlöffel. Alle paar Sekunden hob sie den Deckel, entließ eine weiße Dampfwolke und rührte im Inhalt. Ihr Gesicht war gerötet. »Ich koche Kascha! Gut für den Magen«, verkündete sie. »Ich war heute wieder beim Arzt, und rate mal, was er gesagt hat? Dass ich viel Kascha essen und weniger trinken soll!« Sie schüttete aus der Öffnung der 1-Kilo-Tüte etwas Salz in den Topf, ehe sie eine Hand voll Zucker aus dem Zuckerkanister dazuwarf. Sie wischte sich mit dem Geschirrtuch über die Stirn und wandte sich zu mir. »Magst du auch was?«

Tante Galja servierte uns die Kascha in großen Tellern mit Goldrand und karmesinroten Rosen. Wir aßen langsam, wobei wir uns vom Tellerrand zur Mitte vorarbeiteten. Tante Galja war nüchtern und ruhig. Ich hoffte, mich mit Kascha voll zu stopfen würde dem nagenden Gefühl in meiner Magengrube abhelfen. Die Kascha war heiß, schwer und klebrig. Ich wollte mit jedem Löffel meine Erinnerung an den Sexualkundeunterricht auslöschen.

Keiner meiner Albträume hatte sich bewahrheitet. Niemand hatte sich über mich lustig gemacht, niemand hatte gelacht, nicht einmal gelächelt hatte jemand während meiner Stunde. Und doch erschien mir das, was geschehen war, umso schlimmer. Ich musste immer wieder an Vera Buninas Miene denken, als sie am Ende der Stunde ihre Frage stellte. Vera, ein ruhiges, übergewichtiges, etwas langsames Mädchen, war krankhaft schüchtern. Sich zu melden und eine Frage zu stellen, ganz gleich, was für eine Frage, war für sie immer eine große Sache, zumal sie dabei von ihren Mitschülerinnen oft ausgelacht wurde. Sie hatte mit blasser, aufgedunsener Hand auf mein Plakat gezeigt und gefragt, ob jede Frau »das da« habe, wobei sie sich wahrscheinlich fragte, ob »das da« tatsächlich so riesig und hässlich war, wie ich es gezeichnet hatte. Ich rechnete fest damit, dass die Mädchen loslachen würden. Ich vermied es, in Veras unscheinbares Gesicht zu sehen, und dachte daran, wie es erröten und zittern würde, wenn das Gelächter ausbrach. Aber niemand lachte. Die Mädchen saßen da und starrten schweigend auf das Plakat. Ich fragte mich, ob einige von ihnen dasselbe taten wie ich damals zu Hause. Zitternd in unserem schimmeligen Badezimmer, hatte ich damals den Handspiegel meiner Mutter auf den Boden gelegt, mich hingehockt und den Hals verrenkt, um einen Blick darauf zu werfen. Danach lag ich weinend im Bett, verängstigt und entsetzt, weil es so hässlich aussah. Erschreckenderweise sah ich mich selbst zwischen den Mädchen an einer der Schulbänke sitzen und das Plakat anschauen, was noch viel beängstigender und entsetzlicher war.

Tränen stiegen in mir auf, mein Blick verschleierte sich und die Augen brannten, und ein schwerer Kloß formte sich in meinem Hals. Ich versuchte, ihn mit ein paar Löffeln Kascha zurückzudrängen. »Schmeckt gut, nicht?«, fragte Tante Galja und pustete auf ihren Löffel. Ich nickte.

Beim Läuten hatten die Mädchen schweigend das Zimmer verlassen. Dann, während ich mich mit meinen rostigen Reißzwecken abmühte – ich wollte das Plakat vor Beginn meiner Mathestunde abnehmen –, wurde die Tür auf der gegenüberliegenden Seite des Gangs aufgestoßen, und die Jungen drängten grüppchenweise aus ihrem Klassenzimmer, rotgesichtig, aufgeregt, kichernd, wobei einige sogar in ihr typisches derbes Wiehern ausbrachen. Ich sah den grinsenden Sergej in der Tür. Er stand hinter zwei seiner Jungen, die ihm den Weg versperrten, um ihn etwas zu fragen. Er machte ein zerknautschtes Gesicht und kratzte sich an der Stirn, als würde er scharf nachdenken, ehe er mit sehr ernster Miene etwas sagte. Die Jungen lachten. Sergej schob sie aus der Tür und schlenderte lässig wie immer den Gang hinunter.

Ich kratzte den letzten Rest Kascha vom Boden meines Tellers, und die karmesinroten Rosen kamen zum Vorschein. Ich fragte mich, worüber Sergej in seinem

Unterricht wohl gesprochen hatte. Ich stellte mir vor, dass er aus seinem Erfahrungsschatz schöpfte und die Schüler daran teilhaben ließ. Deswegen waren die Jungen bei ihm so entspannt. Bestimmt ermunterte er sie, Fragen zu stellen – alles, was sie wissen wollten. Ich fragte mich, ob ich nicht auch dazu in der Lage wäre. Einfach mit den Mädchen ganz aufrichtig über meine eigenen Erfahrungen sprechen, damit sie bei mir entspannt wären, und sie ermutigen, offen über ihre Erfahrungen zu sprechen?

Nein, dazu wäre ich nicht in der Lage. Ich nahm noch eine Portion Kascha und fing an, sie zu verschlingen. Als ich noch zu Hause wohnte, hatte ich eine wenig beeindruckende, ja peinliche sexuelle Begegnung mit einem Jungen aus meiner Klasse gehabt. Darüber konnte ich unmöglich reden. Auch nicht über die Tatsache, dass ich schon seit einem Jahr in Moskau lebte, aber noch niemand mit mir hatte ausgehen wollen. Ich versuchte mir einzureden, dass es nicht meine Schuld sei, dass ich nie auf Partys ging und dass ich meine ganze Zeit damit verbrachte, zu arbeiten und zu lernen und mich auf meinen Unterricht und die Prüfungen vorzubereiten. Aber ich fuhr Metro und Bus, und ich ging in die Zentralbibliothek und in Kunstmuseen, und ich wusste, dass man dort jemanden kennen lernen konnte, dennoch war ich noch nie nach meiner Telefonnummer gefragt worden.

Plötzlich war ein Klimpern zu hören, und ich erschrak. »Zeit für meine Medizin«, sagte Tante Galja und schenkte sich einen Schluck grüne Flüssigkeit aus einem Glas mit dem Etikett AUBERGINENKAVIAR in ihre Tasse ein. »Der Arzt meinte, Trinken sei schlecht für mich«, schnaubte Tante Galja geräuschvoll. »Ist doch nicht zu fassen, oder? Das Trinken hat mich all die Jahre am Leben erhalten! Das ist Volksmedizin. Das hat Tradition.« Sie leerte die Tasse und blinzelte ein paarmal. Nach einem Schluck Alkohol sah sie wirklich lebendiger aus. Er brachte Farbe in ihre Wangen und ließ die Augen grüner und strahlender erscheinen. Man bekam eine Ahnung, wie attraktiv sie einmal gewesen war. Ich fragte mich, ob etwas dran war an den Geschichten über ihr einstiges glorreiches Liebesleben. Oft erbot sich Tante Galja nach dem »Tee«, mich in ihre Liebesgeheimnisse einzuweihen. »Hör genau zu, jetzt verrat ich dir mal, wie man richtig liebt!«, verkündete sie dann, während sie sich ihren Selbstgebrannten einschenkte. Meist lehnte ich höflich ab und gab vor, noch lernen zu müssen. Manchmal hatte Tante Galja aber auch Lust, ihren Körper vorzuführen. Sie stand auf, bog den Rücken durch und sagte: »Na, ist das was? Verstehst du jetzt, warum die Männer alle verrückt nach mir sind?« Ich sah eine alternde Frau in einem schäbigen Kimono, mit massigem Oberkörper, Hängebauch und hageren Hüften und bleichen dünnen Unterschenkeln mit krausen Härchen über dem Schienbein. Ich sah ein fleckiges Gesicht mit kleinen schnapsfarbenen Augen unter schweren Lidern. Tante Galja wirkte kaum wie eine Sexgöttin, vor allem wie sie gerade dasaß und schwermütig in ihre leere Teetasse starrte. Aber wenn sie nun tatsächlich über Sex Bescheid wusste? Wenn sich ihre Liebeskunde nun doch lohnen sollte? Ich hatte nichts zu verlieren. Ich nahm all meinen Mut zusammen und sagte: »Tante Galja … Dürfte ich dir ein paar Fragen stellen?« Langsam hob sie den Kopf, und ihre Miene wechselte von ungläubig über fragend zu schadenfroh. Sie schob ihre Teetasse zur Seite, fuhr sich mit der Hand durch ihr kurzes gewelltes Haar und legte los. »Warte, Tante Galja!« Rasch lief ich in mein Zimmer und holte Notizblock und Stift.

IM DEZEMBER LAG DER SCHULHOF unter Schneewehen begraben. Überall war die Schneedecke aufgeweicht: auf der Schultreppe, den Fenstersimsen, dem niedrigen Betonzaun und auf den Fliederbüschen neben dem Zaun. Spitze blattlose Fliederzweige ragten hier und da durch den Schnee, und die Büsche wirkten wie riesige Stachelschweine. Jeden Morgen fegte der Hausmeister der Schule die Veranda und hob eine Art Graben aus dem Schnee, der vom Tor zur Treppe führte. Vor den Stufen lag eine breite vereiste Fläche, und die jüngeren Kinder rannten mit Begeisterung auf die Fläche zu, um kreischend vor Vergnügen bis vor die Stufen zu schlittern. Die Eisfläche war auch die Quelle einer anderen Art Schülerspaß, weil die Lehrer dort gelegentlich ausrutschten und hinfielen. Einige Zehntklässler nannten die Eisfläche sogar die »Lehrer-Rutsche«.

Zufällig wurde ich Zeuge, wie unsere ältere Chemielehrerin auf der Fläche ausglitt. In ihrem unförmigen Pelzmantel drehte sie sich auf dem Eis und versuchte mühsam, wieder auf die Beine zu kommen, bis ihr eine der Neuntklässlerinnen behilflich war. Ich sah, wie sie von den anderen Kindern auf der Veranda und hinter den Fenstern des Schulgebäudes angestarrt und ausgelacht wurde. Selbst die nette Neuntklässlerin, die den Arm ausstreckte, um sie zu retten, musste schmunzeln. Im

Dezember, nach acht Wochen Sexualkundeunterricht, hatte sich auf meinem Schulweg die Lehrer-Rutsche zu meiner größten Angst entwickelt. Mein Sexualkundeunterricht machte mir inzwischen keine Sorgen mehr. Ich sah das Ganze als eine anstrengende, aber nicht allzu unangenehme Aufgabe, und ging jedes Mal mit kleinen, vorsichtigen Schritten auf die Schulveranda zu.

Mein Sexualkundeunterricht war kein Erfolg, aber wenigstens gelang es mir, acht fünfundvierzigminütige Stunden mit Information zu füllen. Ich hatte gelernt, ein leicht verdauliches Gemisch aus meinen drei widersprüchlichen Quellen herzustellen: *Sexualkunde: Die Thesen, Das Wesen der Sexualität* und den Geschichten aus Tante Galjas Leben. Meist verwendete ich *Die Thesen* als Rahmen, Tanta Galjas Geschichten für Details und Beispiele, und das mammutartige *Wesen der Sexualität* behielt ich mir für Notfälle vor. Immer wenn mir nichts mehr einfiel, warf ich ein oder zwei lateinische Begriffe in den Raum.

Schwieriger war es, Tante Galja in die richtige Richtung zu dirigieren. Ging es ihr nicht gut, sprach sie immer nur von den Defiziten und abstoßenden Angewohnheiten ihrer Liebhaber und der Männer im Allgemeinen. Sie ließ sich mit einer Schale Kascha aufs Sofa fallen und erzählte von Mundgeruch, ekligen Geräuschen und schrumpeligen Körperteilen. Sie konnte stundenlang erzählen, wobei sie nur innehielt, um sich einen Löffel Kascha in den Mund zu schieben. Schließlich erhob sie sich mit einem Ächzen, warf die Kascha in den Mülleimer und schenkte sich mit bezwungener und schuldbewusster Miene einen Schnaps ein. Ging es ihr besser, saß sie mit einer Schachtel Pralinen am Tisch und sprach von ihren heroischen Qualitäten als Liebhaberin, wobei sie herzhaft lachte und eine Praline nach der anderen vertilgte. »Er lag da, total außer Atem, schweißgebadet, und ich war nicht die Spur müde! Du hättest sein Gesicht sehen sollen, als ich sagte: ›Na, wollen wir noch 'ne Runde?‹ Ich dachte, der stirbt mir vor der Nase weg.« Eigenartigerweise endeten diese »besseren« Sitzungen genau wie die »schlechteren«, nämlich mit einem Glas Selbstgebranntem.

Mir war klar, dass meine Schülerinnen für solche Dinge kein Interesse haben würden. Techniken und Vorsichtsmaßnahmen waren die Informationen, die sie brauchten. Und ich auch, aber es war furchtbar schwierig, Tante Galja in Richtung der Dinge zu lenken, die ich wissen wollte. Ließ sie sich darauf ein, schnappte ich mir mein Notizbuch und schrieb hastig die kostbaren Fakten mit, um sie später meinen Mädchen weiterzuerzählen.

Dennoch fürchtete ich die Fragen meiner Schülerinnen. Nachts lag ich im Bett und stellte mir vor, was passieren würde, sollten mich die Mädchen etwas fragen. Ich wälzte mich hin und her und suchte dabei manchmal nach Möglichkeiten, mich vor den Fragen zu drücken, manchmal betete ich aber auch einfach nur, dass die Mädchen dazu zu schüchtern sein würden.

Und sie waren schüchtern, anfangs. Sie saßen da, angespannt und schweigend vor Angst, auch nur irgendeine Reaktion auf das zu zeigen, was ich sagte. Doch mit fortschreitendem Unterricht wurden sie lockerer. Sie lächelten oder schnappten nach Luft oder tauschten Blicke aus, und manchmal flüsterten sie sich etwas zu. Und dann eines Tages traute ich meinen Augen kaum vor

Schreck – Sweta Sotowa meldete sich. Ich ahnte, dass sie nicht nur um Erlaubnis fragen wollte, auf die Toilette zu gehen. Ihre schöne schmale Hand mit den langen Fingern und manikürten Nägeln wirkte wie eine tödliche Schlange. »Manchmal würden wir gern Genaueres wissen. Dürfen wir auch Fragen stellen?« Mein Magen sank mir bis in die Kniekehlen. Ich betastete einen Kaugummi, der unter meinem Pult klebte, und dachte: »Nein! Nein! Das kannst du nicht machen!« Aber Sweta redete einfach weiter: »Wir könnten doch anonyme Fragen stellen. Könnten wir sie nicht auf einen Zettel schreiben und hier lassen?« Fast hätte ich einen Seufzer der Erleichterung ausgestoßen. Es war die perfekte Lösung. Es würde mir genügend Zeit lassen, ein Buch oder Tante Galja zu konsultieren.

Die Mädchen stellten einen braunen Schuhkarton unter mein Pult und fingen am Freitag nach der Mathestunde an, ihre Fragen zu deponieren. Pro Woche gab es nur ein oder zwei Fragen, von denen die meisten von Sweta Sotowa stammten. Ihre ordentliche, entschlossene Handschrift und bestechende Logik war unverkennbar: »Ich habe gelesen, dass orale Verhütung 97 % sicher sei. Gilt das auch, wenn man die Pille vergisst? Und wenn nicht, wie würde dann der korrekte Prozentsatz lauten?« Die Fragen der anderen Mädchen waren nicht so gut, und manche davon kaum zu entziffern, mit Rechtschreibfehlern, halben Sätzen und durchgestrichenen oder überschriebenen Wörtern. Die Fragen behandelten alles von Verhütung über Brustvergrößerungen bis hin zu Verhaltensregeln beim Rendezvous. Ein Mädchen (wahrscheinlich die arme Vera Bunina) fragte: »Was soll ich machen, wenn ich eine Verabredung habe und total dringend aufs Klo muss, aber nicht will, dass der Junge mitbekommt, dass ich aufs Klo gehe?« Tante Galja ärgerte sich über solche Fragen. »Wer sich so idiotisch anstellt, soll meinetwegen in die Hose machen!« Ich hingegen freute mich über diese Albernheiten viel mehr als über Swetas ernsthafte Fragen. Ich konnte mir genau vorstellen, wie meine Mädchen zu einem Rendezvous gingen und mit solchen Schwierigkeiten konfrontiert wurden. Ich malte mir die Situationen gern im Kopf aus, mit mir als Hauptperson, und überlegte, was ich tun würde. Manchmal machte mir mein Unterricht richtig Spaß.

NACH ETWA VIER WOCHEN Sexualkundeunterricht fingen die anderen Lehrerinnen an, mich anders zu behandeln. Sie fragten weder nach meinen Stunden, noch ließen sie irgendwelche Bemerkungen dazu fallen, doch sie schienen meine Existenz jetzt tatsächlich wahrzunehmen. Es fühlte sich sehr merkwürdig an, als wäre mir auf einmal eine Zaubermütze abhanden gekommen, mit der ich die ganze Zeit unsichtbar gewesen war. Sie betrachteten mich zwar noch immer nicht als Kollegin – wenn sie Klatsch und Tratsch austauschten, war ich nie mit von der Partie –, aber sie nickten mir zu, wenn wir uns im Gang begegneten, und sprachen mich auf kleinere Ereignisse an der Schule an: »Haben Sie schon gehört, dass in der Cafeteria eine Fensterscheibe zu Bruch gegangen ist?« Sie fragten mich sogar private Dinge: »Wann sind denn Ihre Prüfungen?« (jüngere Lehrerinnen). Oder: »Vermissen Sie Ihre Mutter?« (ältere Lehrerinnen). Ich hatte nicht mehr das Gefühl, mich in einem Vakuum zu befinden.

Auch Sergej fing an, mich zu bemerken. Ich ertappte ihn dabei, wie er fragend in meine Richtung blickte, als wüsste er nicht, was er von mir halten sollte. Von Zeit zu Zeit kam er an meinem Klassenzimmer vorbei und spähte hinein, um wortlos weiterzugehen. Oder er starrte mich an und blinzelte wie immer, wenn er sich über jemanden lustig machen wollte, um sich dann wortlos umzudrehen. Ich war für ihn die ideale Zielscheibe. Die unfähige Sexualkundelehrerin! Es machte mich nervös, aber gleichzeitig war ich darüber auf seltsame Weise beglückt.

Maria Michailowna indessen begann, mich weniger zu beachten. Nachdem sie mich gebeten hatte, ihr meine Themenliste zu zeigen, um sie sorgsam mit derjenigen in *Sexualkunde: Die Thesen* abzugleichen, ließ sie mich in Ruhe unterrichten. Nicht ein einziges Mal warf sie während meines Sexualkundeunterrichts einen Blick ins Klassenzimmer – entweder war es ihr egal, oder sie wollte nicht dafür verantwortlich sein, wenn ich den Mädchen etwas Falsches beibrachte. Ich war froh, dass sie auch während meiner Mathestunden seltener einen Blick ins Zimmer warf – vielleicht hatte sie ja Angst, ich würde anfangen, über Sex zu reden.

MEIN EINZIGES PROBLEM WAR, dass ich nach einer Weile an Tante Galjas Kennerschaft zu zweifeln begann. Beim Schlafengehen wälzte ich mich unter meiner dünnen Wolldecke und fragte mich: »Und wenn Tante Galja Unrecht hat? Und wenn Zitronensaft nun doch nicht das beste Verhütungsmittel ist? Und man von Kohl gar keine größeren Brüste bekommt? Und Haare auf den Beinen gar nichts mit Unfruchtbarkeit zu tun haben? Und wenn Tante Galjas ganze Einstellung zu Männern falsch ist?« Die letzte Frage machte mir am meisten zu schaffen. Tante Galja schien Männer als Soldaten einer feindlichen Truppe zu betrachten. Noch schlimmer, als besiegte und in Gefangenschaft genommene Soldaten. »Man darf sie bloß nicht davonkommen lassen!« – »Man muss sie richtig antreiben!« – »Bloß nicht faulenzen lassen!« – »Immer erst belohnen, wenn sie sich's verdient haben.« Mir brach der kalte Schweiß auf der Stirn aus, wenn ich daran dachte, wie ich Tante Galjas Worte in meinem Unterricht wiedergegeben hatte. Ich betrachtete die Bildnisse von Tante Galjas verstorbenen Ehemännern, die über meinem Kopf sanft im Mondlicht schimmerten. Sie wirkten nicht sonderlich glücklich. Und sie waren beide tot.

Hin und wieder während meiner Mathestunde musterte ich die Jungen und fragte mich, wie viel sie wohl vom Sexualkundeunterricht der Mädchen mitbekamen. Ich fragte mich, ob Sweta ihren Freund, Sascha Smirnow, wohl hier und da an Tante Galjas Weisheiten teilhaben ließ? Es gab noch andere Mädchen, die in der Klasse einen Freund hatten. Ich war mir sicher, dass die Jungen etwas wussten. Sie mieden meinen Blick. Sie saßen in ihren Bänken und verhielten sich so still wie möglich, um meine Aufmerksamkeit nicht auf sich zu ziehen. Sie taten so, als wüsste ich irgendetwas Schlimmes über sie, etwas, das ich eigentlich nicht wissen durfte. Ein paarmal verspürte ich den Drang, auf meine Worte zurückzukommen und zu sagen, dass nicht ich es sei, die all das behauptete, sondern Tante Galja! Und dann musste ich an Sergej denken. Wenn die Jungen nun mit Sergej über meinen Unterricht redeten? Ich malte mir aus, wie sich Sascha Smirnow meldete, seinen großen Körper krachend aus der Bank hievte – zu leisen Bewegungen war er nicht imstande –, wie er mit einem seiner Jackettknöpfe spielte und in seiner tiefen monotonen Stimme sagte: »Die Lehrerin der Mädchen hat gesagt, dass Männer …« Ich fragte mich, wie Sergej wohl reagieren würde. Jedes Mal, wenn er mich mit seinem neuen, neugierigen Blick ansah, fragte ich mich, ob er wohl glaubte, ich sei es, die solch einen Hass auf die Männer hätte.

Schließlich sprach Sergej mich während der Mittagspause in unserer Schulcafeteria an. In der Cafeteria gab es mittags ausschließlich Fertigmahlzeiten, pro Wochentag ein oder zwei Kombinationen. Freitags konnten wir wählen zwischen Bockwurst mit Rote-Bete-Salat oder Hering mit Kartoffelbrei. Mir wäre Bockwurst mit Kartoffelbrei am liebsten gewesen, aber man konnte die Kombination nicht ändern. Die Bockwurst, mein Lieblingsessen, hatte eine harte Pelle und schmeckte besser als die normalen Würstchen. Ich liebte es, wenn mir der Saft beim Hineinbeißen in den Mund spritzte. Ich hasste Rote-Bete-Salat. Es gab kaum etwas Widerwärtigeres als verkochte Rote-Bete-Stückchen mit Kartoffeln und Möhren in einer Pfütze aus übel riechendem Sonnenblumenöl, doch ich beschloss sie hinzunehmen, der Bockwurst zuliebe.

Ich nahm am Lehrertisch Platz und begann, mit meiner Gabel in die Bockwurst zu stechen, als mich Sergej auf die Schulter tippte. Grinsend blieb er mit einem Teller Hering mit Kartoffelbrei neben meinem Stuhl stehen.

»Lasst sie bloß nicht davonkommen; man muss sie richtig antreiben!« Er zwinkerte mir zu und ging wie immer zu seinem Platz am anderen Tischende. Mein Herz hüpfte in meinem Brustkorb auf und ab. Ich wartete die ganze Mittagspause darauf, dass Sergej damit fortfuhr. Ich kaute ausgiebig auf meiner Bockwurst und schüttelte das überschüssige Öl von den Kartoffeln und den Rote-Bete-Würfeln. Ich war mir sicher, dass sich Sergej schon etwas ausgedacht hatte; er wartete nur noch auf eine günstige Gelegenheit. Mir kam der schreckliche Gedanke, er könnte irgendwie aus einer mysteriösen Quelle von Tante Galjas Existenz erfahren haben und wollte nach ihr fragen. Irgendwann hatte ich die Warterei satt – ich wünschte fast, Sergej würde endlich zuschlagen. Ich warf einen verstohlenen Blick in seine Richtung. Er sah mich nicht an. Er war mit seinem Essen beschäftigt, zog Gräten aus dem Hering und legte sie auf den Tellerrand. Es war die ideale Gelegenheit, die Flucht zu ergreifen. Ich ließ meinen Teller stehen und eilte aus der Cafeteria. Ich schaffte es fast bis zum Ausgang, da hörte ich erneut Sergejs Stimme, die irgendwo über meinen Ohren knisterte, die einzelnen Wörter kaum zu verstehen inmitten des steten Grummelns der Cafeteria. Ich musste mein Gesicht heben, um seine Worte auszumachen. Er wollte sich mit mir verabreden.

AM DARAUF FOLGENDEN MONTAG erwachte ich früh. Ich hatte den Wecker auf 8 Uhr gestellt, aber als ich die Augen öffnete, war das Zimmer noch dunkel und meine Leuchtzifferuhr zeigte erst halb sieben. Ich war gegen zehn Uhr abends von meiner Verabredung mit Sergej wiedergekommen und hatte nur Rock und Strumpfhose ausgezogen, ehe ich auf dem Bett zusammengeklappt und eingeschlafen war.

Ich schob die Zehenspitzen unter der Decke hervor und zog sie sofort wieder zurück. Das Zimmer war eiskalt. Normalerweise wäre ich im Bett geblieben, bis der Wecker klingelte, eingemummelt wie in einem Kokon, aber an diesem Tag konnte ich nicht still halten. Meine Gliedmaßen fühlten sich an, als wären sie mit festen kleinen Sprungfedern gefüllt, die nur darauf warteten, losgelassen zu werden, und ich musste mich bewegen, mich rühren, irgendetwas tun. Ich sprang aus dem Bett und versuchte es mit ein paar Aerobic-Übungen auf dem kleinen Teppich neben dem Kleiderschrank, doch meine Füße stießen immer wieder gegen das Bett. Mein Spiegelbild im Kleiderschrank – barfuß, zerknitterte Bluse, zerzaustes Haar – schien mir aus irgendeinem Grund furchtbar komisch. Ich ließ mich auf mein Bett plumpsen und fing an zu lachen, und ich presste die Hände auf den Mund, um Tante Galja nicht zu wecken. Ich überlegte, zu Hause anzurufen – meine Mutter war meist schon früh auf den Beinen. Ich nahm sogar den Hörer von der Gabel, aber dann legte ich wieder auf. Ich wusste, ich würde nicht aufhören können zu lachen, und meine Mutter würde denken, ich weinte, und es wäre unmöglich, sie vom Gegenteil zu überzeugen. Auch das schien furchtbar komisch, und ich saß da und lachte, bis mir aufging, dass ich halb verhungert war.

In der Küche streute ich Salz auf eine Scheibe Roggenbrot und aß das Brot stehend in der Tür. In einem gestreiften Männerschlafanzug lag Tante Galja ausgestreckt

im Bett, die Bettdecke auf dem Fußboden. Sie schlief auf dem Rücken, wobei sie sich ein kleines Kissen wie einen Teddybären an die Brust drückte. Ich ging zu ihr hinüber, deckte sie zu und schlich mich auf Zehenspitzen aus dem Zimmer.

ALS ICH ZUR SCHULE KAM, waren die Straßenlaternen noch an und warfen gelbe Lichtringe in den Schnee, und der Schnee wirkte dadurch weich und warm. Der Pfad zur Veranda war frisch gefegt, und die Lehrer-Rutsche glitzerte. Abgesehen vom Hausmeister mit seinem struppigen Besen war niemand auf dem Schulhof. Falls ich ausrutschen und stürzen sollte, würde mich niemand sehen. Ich rannte auf die Lehrer-Rutsche zu, stieß mich mit einem Fuß ab und schlitterte, ohne hinzufallen, bis vor die Veranda.

In meinem Klassenzimmer öffnete ich ein Fenster und ließ einen eisigen Windstoß herein. Ich setzte mich an meinen Schreibtisch, stand dann sofort wieder auf und ging hinüber zu Tanja Myschkinas Bank in der ersten Reihe. Dort konnte ich auch nicht sitzen. Ich ging in den hinteren Teil des Raums und setzte mich kurz auf Vera Buninas Stuhl, dann auf den Rand ihrer Bank. Ich kam mir vor wie Schneewittchen bei den sieben Zwergen, so wie ich die Stühle und Bänke meiner Schüler ausprobierte. Und wenn ich nun den Mädchen von meinem Rendezvous mit Sergej erzählte? Wenn ich ihnen von seinem vielversprechenden Blick erzählte? Ihnen erzählte, wie sich seine Hand im Knoten meines Schals verfing, als er mir in dem überfüllten Kino den Mantel öffnen wollte? Und wie er mich später während des ganzen

Paten, Teil III, geküsst hatte, und nur kurz innehielt, als er im Augenwinkel sah, dass die eine oder andere Figur gleich umgebracht würde? Da ließ er mich los und sah sie sterben, während ich hoffte, es würde ein schneller Tod sein. Und wenn ich ihnen nun erzählte, dass das Beste an dem Rendezvous nicht das Rendezvous selbst war, sondern der Spaziergang zu unserem Treffpunkt an der Metro-Station Puschkinskaja, weil sich die Männer nach mir umdrehten? Ich fragte mich, ob die Mädchen für solche Dinge überhaupt einen Sinn hätten. Ich malte mir aus, wie ich mit ihnen reden würde, so, auf der Kante von Veras Bank sitzend, mit baumelnden Beinen und lachend.

Dann entdeckte ich etwas, das die Lachfedern dort unten in meiner Magengrube verstummen ließ, und die altbekannte Panik stieg in mir auf. Der braune Schuhkarton lag unter meinem Lehrerpult, klein und scheinbar harmlos. Ich hatte vergessen, am Freitag die Fragen herauszunehmen. Langsam rutschte ich von Veras Bank und ging auf die Schachtel zu. Darin lag eine vierfach gefaltete Seite aus einem Schulheft. Mein erster Gedanke war, sie wegzuwerfen, sie loszuwerden und so zu tun, als wäre die Schachtel leer gewesen. Und wenn ich wundersamerweise die Antwort wüsste? Etwa die Hälfte der Seite war mit festen runden Buchstaben beschriftet. Es sah ganz nach Sweta Sotowas Handschrift aus, aber sie war nicht so ordentlich wie sonst – anscheinend war sie beim Schreiben nervös gewesen. Ich strich das Papier glatt und las mir rasch die Frage durch.

Ich las sie ein zweites Mal, diesmal laut, unmittelbar nach dem Läuten und nachdem die Mädchen an ihren

Bänken Platz genommen hatten. »Seit einigen Monaten gehe ich mit X, ich habe ihn sehr gern, wir sind fest zusammen. Wenn er mich an bestimmten Stellen berührt, fühlt es sich sehr gut an. Aber in letzter Zeit bin ich ein paarmal mit Y ausgegangen. Er liest keine Bücher, hat eine blöde Lache und Pickel.«

Ich hielt inne und warf einen Blick in die Klasse. Einige der Mädchen schauten sich rasch um und versuchten, die Verfasserin ausfindig zu machen. Andere schienen aufrichtig an dem Problem selbst interessiert. Mit offenem Mund und zusammengezogenen Augenbrauen mühten sie sich, die Frage zu verdauen und sie womöglich auf sich selbst anzuwenden. In der ersten Reihe kaute Tanja Myschkina so heftig auf dem Deckel ihres Stifts herum, dass es aussah, als würde sie gleich ein Stück abbeißen und verschlucken. Ich wollte Sweta nicht bloßstellen, indem ich sie direkt anblickte, doch im Augenwinkel sah ich, dass sie aus dem Fenster und auf den betonierten Schulhof hinausschaute und sich dabei unentwegt eine Haarsträhne um den Finger wickelte. Ich räusperte mich und las den Zettel zu Ende. »Ich kann Y überhaupt nicht leiden. Wie kommt es dann, dass ich, wenn er mich an bestimmten Stellen berührt, genau dasselbe empfinde wie bei X?« Jetzt schauten mich alle an. Sie glaubten ernsthaft, ich wäre in der Lage, die Frage zu beantworten.

Da waren sie wieder, die kitzligen Sprungfedern in meinem Brustkorb, die sich immer höher schraubten. Und dann sagte ich etwas, das mir schon sehr lange auf der Zunge lag.

»Ich weiß es nicht!«

Diese Worte auszusprechen machte mir so viel Spaß, dass mir der Kopf schwirrte. Ich hatte Lust, auf einem Bein durchs Klassenzimmer zu hüpfen und »Ich weiß es nicht! Ich weiß es nicht! Ich weiß es nicht!« zu singen. Die Lachfedern wurden größer und größer, stießen durch meine Haut, verließen meinen Körper und sprangen im Zimmer umher. Dann hörte ich ein Kichern. Ich war mir nicht sicher, ob es von mir stammte oder von einem der Mädchen. Bald waren alle am Lachen, sogar Sweta Sotowa. Bald verschmolzen die einzelnen Geräusche im Zimmer zu einem einzigen, lauten, gleichmäßigen Grollen. Ich hörte nicht, wie Maria Michailowna die Tür des Klassenzimmers öffnete. Ich konnte nicht verstehen, was sie sagte. Ich sah nur die Spitzen ihrer schwarzen Schuhe und ihr rosafarbenes Gesicht, das zwischen Tür und Rahmen steckte, ihre zuckenden Wimpern und Lippen. Falls sie gerade irgendetwas von Sittenlosigkeit und respektlosem Verhalten gegenüber der jungen Kollegin sagte, konnte es niemand von uns hören.

Die Originalausgabe erschien 2003
unter dem Titel *There Are Jews In My House*
bei Pantheon Books, New York

Umschlaggestaltung: Nina Rothfos und Patrick Gabler, Hamburg
Typografie: Renate Stefan, Berlin
Gesetzt aus der Joanna MT durch psb, Berlin
Druck und Bindung: Ebner & Spiegel, Ulm
Printed in Germany
ISBN 3-8270-0551-5